THE WIZENARD SERIES : TRAINING CAMP

巫兹纳德系列：训练营

拉布

[美] 科比·布莱恩特　创作
[美] 韦斯利·金　执笔

杜　巩　王丽媛　林子诚　译

中国·北京

目录

1. 懒散的人 / *001*

提出批评的人很多,
有价值的就一个。

---

2. 交易的技巧 / *017*

胜利只是一个空杯子,
用努力、勤奋和同情心填满它。

---

3. 最后一根稻草 / *029*

愤怒,是你的大脑在提醒你快走开,
然后深呼吸。

---

4. 魔球 / *049*

当你掉落洞中,先帮其他人出去。
一旦你做到了,洞将不复存在。

---

5. 巨婴兄弟 / *067*

每个怨恨都是一个新的包袱,
你必须拖着它前行。

6. 暗流涌动 / *083*

没人可以一步登天，
不积跬步，无以至千里。

---

7. 重要的一投 / *099*

如果追求幸福，
你绝不会让自己受一点苦，
那就追求目标吧！

---

8. 真正的敌人 / *111*

当我们陷入挣扎的时候，
我们也在学着如何帮助他人。

---

9. 暗室 / *123*

如果你负担了太多的东西，
你又怎么能帮助别人呢？

---

10. 未来的路 / *137*

选择前方的路，
才是最重要的事。

尾声：既是结束也是开始 / *149*

巫兹纳德箴言 / *153*

译后记 / *169*

懒散的人

提出批评的人很多，

有价值的就一个。

◆ 巫兹纳德箴言 ◆

第一章 懒散的人 | CHAPTER ONE: LAZY DOG

　　拉布在门口站了一会儿，踌躇不定。他感到里面有什么东西，有一种异样的感觉。拉布来过费尔伍德球馆一百万次了，他熟悉这里的每一寸土地、每一块污渍、每一处凹痕，甚至是微妙的气味。但今天不太一样，空气发生了某种变化，没有了那股酸味，而是咸咸的味道，也不似以往潮湿，还有些冰冷。

　　拉布的眼睛逐渐适应光亮，球馆里的陈设开始显现。球架和篮网安静地坐落在球馆里，拉布的哥哥泡椒伸开双臂，大口呼吸，灯光将他影子的轮廓打在地上。拉布环视球馆，想找寻哪里有变化，但除了雷吉和竹竿外，并没什么不同。他也许是在胡思乱想，也许是做白日梦，这当然有可能发生。现在时间很早，拉布非常累，他昨晚没睡好觉，跟往常一样。

　　他叹了口气，跟着哥哥走进球馆。"来太早了啊。"拉布揉着眼睛说道。

　　拉布不是一个爱早起的家伙。早起这事一直都是泡椒的专长——他会叫拉布起床，帮他整理好背包，做好早餐。泡椒几乎做了她以前做的所有事。她,听到这个字的读音,甚至都会让拉布难受,在他心里这是底线。不提名字,不提关系,就一个字——她。这个字眼会让他想起许多画面和气味,想起她曾经尝试培育的花圃里的土壤,想起客厅里的肉桂蜡烛——她亲手制作的,为了"让这里温馨一些"。想到这,拉布将记忆全部驱散开来,这是他每天要做的事,按小时算,有时是按分钟算——去压抑那些记忆,把它们藏起来。拉布把那些记忆推离得越来越远,至于记忆去了哪里,他不想知道,也不在乎。拉布只是希望自己永远也不要找到它们。

"该打球了,永远不嫌早。"泡椒说着,蹦蹦跳跳就到了板凳席。

"我不觉得。"拉布反驳道。

"拉布,今年肯定不一样,很多事都会改变的。"

"你指的是你要长个了?"拉布问。

"闭嘴吧。"

两人扑通一声坐到主队的板凳上,拉布瞥了眼雷吉和竹竿两个人,早晨他们总是最先到球馆的两个人:一个替补球员和一个傻大个。

"雷吉。"泡椒叫道,和雷吉击了个拳,"过得怎么样,兄弟?"

"时刻准备着,还是老样子。"雷吉说。

"老样子就对了。"拉布若有所思道。他痛苦地看着满是刮痕、残破不堪的球场。早上拉布快速扒拉了几口玉米面,现在玉米面在胃里的感觉跟砖头一样硬。

拉布把球鞋拽出来,球鞋闻上去比费尔伍德球馆还要难闻。

第一章 懒散的人 | CHAPTER ONE: LAZY DOG

上赛季结束时，拉布把背包放在球馆的衣橱里，有什么东西滋长也是很正常的。泡椒看着拉布的球鞋，手指颤抖着。

"别碰我的鞋。"拉布说道。

"这可是爸爸存了6个月的钱给我们买的……"

"鞋子还能穿。"

泡椒生气地说："它们闻起来就像两只死猫。"

"那是你的鼻子出了问题。"

拉布把鞋带系上，打了个呵欠，拉伸着自己的小腿。他的爸爸为了买这两双鞋得工作很长时间，这么长时间的工作，就是为了负担所有的开销。尽管挣得不多，但是爸爸从不抱怨。他的爸爸在南部的一家比较大的采砾场做矿工——以前那里是一片工业区。爸爸一向工作很长时间，但现在她走了，爸爸轮班的时间更长了，12小时……14小时……20小时，有时候他几乎没怎么睡。

拉布有时会看见他的爸爸直接睡在沙发上。爸爸长得跟泡椒很像——个子不高，但是身体强壮——但脸庞被太阳烤得黝黑，双手粗糙又坚硬，长满了老茧。这让拉布有些心疼，看着爸爸睡觉的时候连衣服都没有换，依然脏兮兮的，睡醒后就马上回去工作。尽管如此，他们一家还是过得很艰苦。拉布低头看着自己的双手，柔软纤细，看不出任何劳作的痕迹。

"我应该能帮上忙的。"拉布想着，心里涌上一阵负罪感，那是一种熟悉的感觉。

他的爸爸绝对不允许他们这样做。泡椒和拉布差点就被学校开除——在波堕姆这个地方，不会给你第二次机会。他们的爸爸对此非常愤怒，拉布还从来没有看到爸爸这么生气。爸爸说，自己工作就是为了能让他们去学校读书，打球，然后趁早离开这个地方。

"到那个时候,我要带爸爸一起离开,"拉布想着,"这是他应得的,他值得享受这一切。"

球馆大门砰的一声被撞开,拉布抬头看着,叹了口气。杰罗姆和壮翰走了进来,意味着,这里马上要开始吵闹起来了。壮翰是拉布见过最闹腾的家伙:他就像说话永远不停歇的烦人电台DJ。

"过得怎么样啊,兄弟们!"壮翰叫道,声音在费尔伍德球馆里回荡,像在大雾中吹响的号角一样。

大门再次被打开,阳光猛地照射进来,数十亿计的尘埃在强光下纷飞,像是坐在一个雪花玻璃球里,或者在明净的星空下。拉布看着灰尘飞舞,微微一笑,这就是波堕姆唯一真正的星空。

"雨神!"壮翰把一只粗短的手靠近嘴边,大声喊道。

泡椒拿上自己的球走到场内,用一种令人眩目的速度做着胯下运球。毫无疑问,拉布的这个哥哥有着很好的球感,但是投射方面就另说了。

"这赛季的歌,你写好了吗?"杰罗姆问道。

拉布不禁唉声叹气,泡椒把自己当成一个业余的说唱歌手,但他的水平实在糟糕。在内心深处,拉布知道泡椒的水平可能不止这样。在那件事发生后,泡椒就开始把说唱当成了一种爱好。她以前每天都唱歌,下班唱,聚在桌子旁也唱,夜晚唱歌把两个孩子哄上床睡觉。也许是泡椒觉得房子太过安静了,也许是泡椒真的像她那样喜欢音乐。

但对于拉布来说,这不过就是另外一种提醒,所以他不允许自己给泡椒些许鼓励。

"唱出来怕吓着你们。"泡椒说。

"对，可别吓我们了。"拉布在一旁说。

"噗、噗、切、噗、噗、切、噗、切、噗、切……"壮翰打起了拍子。

"别唱了。"拉布无可奈何地说。

杰罗姆把球运了起来，试着给壮翰加个鼓声伴奏。

"早知道，我就不该起床。"拉布揉着自己的太阳穴说道。

泡椒笑了笑，随后开始说唱，唱了一段不怎么样的词——而且还没能很好地给狼獾这个词押韵。拉布不以为然地摇摇头。泡椒已经跟那个词死磕了两年，还是没什么进展。

"又一首经典之作。"拉布在泡椒身后喊道。

一丝罪恶感爬上心头，拉布本来不必要为了这事表现得这么混蛋。为什么他有时这么生气呢——难道因为那些记忆在作祟？拉布心里的某处怀疑这是不是妒忌。

泡椒遗传了她对于音乐的热爱，他得到了她的一部分。拉布又得到什么呢？

拉布站起身来，甩甩手臂放松一下，把思绪赶跑。现在他有些清醒了，准备好要多练几个球。世界上没有别的声音比篮球涮网的声音更好听。泡椒给拉布传了一个球，拉布快速拔起出手，铛！

"你投篮姿势跟奶奶一样。"泡椒说。

拉布立马还击道："你看起来更像奶奶，除了我觉得她更高。"

"妈妈说过我会是家里最高的那个人，我只是发育得比较晚罢了。"泡椒说。

拉布感到那个词像一盆凉水一样泼过来，冻结他的肌肉，搅乱他的胃。妈妈，妈妈，每次听到这些，都像把他的脑袋按到冰水里，刺耳，疼痛，历历在目。

"好吧。"拉布轻轻地说了句。

拉布走向篮筐，试着把不愉快的记忆从脑海中抹去。进攻是拉布的强项——弗雷迪称呼他是一个"顺风球得分手"。拉布在队里得分排第二，也是最优秀的底角三分射手。如果拉布能有更多出手的机会，他知道自己还可以做得更好——但和雨神在一队就比较难了。

拉布希望新来的教练能够协调好队员之间的进攻分配。狼獾队需要更多跑动，更多分享球，不能总是雨神进攻。

弗雷迪是最后一个抵达球馆的人，带着一个新的孩子……不过这个孩子已经长得很高大了，不像是个孩子。

弗雷迪给了这个孩子很高的评价，弗雷迪在宣称自己发现潜力股的时候，第一次没有夸大其词。只要这个叫德文的孩子不是30岁的家伙，他绝对是一个大人物。拉布走上前介绍自己。

拉布立马就感觉到德文很紧张。

德文有着浅棕色的皮肤，和金色橡树很像，留了个光头，嘴唇上有一道伤疤。他的眼睛是深棕色的，又大又亮，视线落在鞋上。

"你在哪个学校读书？我之前在学校没见过你。按说不应该啊。"拉布问。

"在家里读书。"德文犹犹豫豫地说。

泡椒叫了起来："家里读书！够酷的，我爸在放学后不想让我待在家里。"

拉布冷笑一声，这个倒是真没说错。爸爸经常叫他俩做些额外的作业，或者帮助高年级的学生做一些事，就是不要无所事事，

第一章 懒散的人 | CHAPTER ONE: LAZY DOG

也不知道休息是什么意思。泡椒跟爸爸很像，一刻也闲不下来，不是在煮饭就是在打扫卫生，或者在后院练习投篮。拉布则表现得跟两人完全不一样。

拉布想要把思绪赶跑，但是太晚了。记忆在脑海中出现——当她给拉布唱歌的时候，拉布把自己埋进她的臂弯中。他还记得部分的歌词："老师们在小岛上，发现一杯纯金子。"她会将手指穿过拉布的长发，从里面捡出一根小树枝。

她会小声地说："我的野小子。"

拉布感到眼睛有些胀胀的，马上忍住了。他把回忆不断下沉，直到什么都感觉不到为止。为什么拉布非要一直看见她呢？为什么他就不能忘了她？泡椒是怎么做的？泡椒和爸爸怎么能做到，每天像没事发生一样？是他们对这件事不在乎吗？对妈妈的爱更少吗？

突然，灯光猛烈地噼啪作响起来，然后熄灭。大门被一阵狂风向内撞开，球馆里顿时怪声呼啸。风撕扯着拉布宽松的衬衫和短裤，把他的长发吹到眼睛里。拉布转过身去，纳闷风暴怎么会来得这么猛烈。

最后，狂风停了，拉布转身看向门口，一个影子遮住了光线。他没有碰到大门，而门在静止的空气中依然敞开着。

影子从门框后闪出，走了进来。直挺挺的样子，进来后才发现是一个人——拉布猜是新来的教练。他很高，穿着考究，从斑白的头发来判断，也许有60岁了。棕色皮肤的脸上布满了皱纹和伤疤，但这些特征和他的双眼相比都不算很显眼，拉布还从来没见过这么绿的眼睛。这个男人也在看着拉布。

你把那些回忆都藏在什么地方了?

拉布在这位教练的眼中看到一些画面——一片平静的湖水,一艘小船。拉布眨了眨眼睛,画面在教练明亮的绿色眼睛中消失。他咽了口唾沫,抑制住内心的紧张。显然,他又做白日梦了。

弗雷迪很快离开,留下球队和新来的教练独处,教练自称是巫兹纳德教授。他的视线从一个人的脸上跳到另一个人的脸上,就像在他们的额头上看什么似的。拉布还从来没有感受过这么令人窒息的沉默。

终于,巫兹纳德从口袋里掏出一张折起来的纸说:"每个人都要在这上面签名,然后才能继续。"

当合同传递到拉布的时候,他接过合同,皱了皱眉头。

"格拉纳王国?"拉布念叨着。

似乎有个声音在他耳边反复絮叨着这个名字,但是拉布想不起来在哪听过了。所以他签了名,把文件传给他的哥哥。后知后觉,拉布意识到纸上根本就没有别人的签名。

实际上,合同里只写了拉布的名字,虽然他清楚地看到好几个人在他之前签了字。拉布从泡椒肩上瞧去,这份合同现在正写着:我,卡罗斯·"泡椒"·华瑞兹……

突然咔哒一声响起,像是一块拼图被拼到位置上一样。他们的新教练应该是一个街头魔术师,拉布并没有真正看到他眼中的画面——那只是催眠。在德伦街头魔术师不是那么受欢迎,但是有些穷困的波堕姆本地人会用人的错觉和机关道具去赚些外块。看来巫兹纳德精于此道,拉布差点笑出声来。

拉布肯定是累了,他已经准备好把看到的所有事情都认为是

第一章 懒散的人 | CHAPTER ONE: LAZY DOG

魔术。

竹竿是最后一个签字的，当他把合同交还给巫兹纳德时，合同瞬间消失了。拉布嗤之以鼻，巫兹纳德的表演还真是煞费苦心。但是为什么弗雷迪会雇用一个魔术师来做大家的教练呢？

拉布意识到，或许是因为巫兹纳德也骗了弗雷迪。

拉布不得不提醒自己要保持警惕。

"什么……哪去了……？"竹竿有点茫然。

"很容易骗到人，对吧？"拉布对泡椒说。

他的哥哥泡椒眼神直愣愣的，一副目瞪口呆的样子。

"你也中招了。"拉布想到，心里自顾自地叹气。

巫兹纳德把手伸进口袋里——就在肘边。拉布不得不承认：这真是一个厉害的把戏。合同上的处理手段也很聪明，更不用说那阵风了。

但又怎么样呢？只能说明巫兹纳德买得起好道具。拉布双手抱胸，在一旁幸灾乐祸地笑着，至少他自己很聪明，不会被这些把戏愚弄。

紧接着，没有任何预警，巫兹纳德拿出一颗篮球，朝壮翰脑袋砸去。下一球嗖的一声朝泡椒飞去，他差点没接住。然后泡椒就那么直挺挺地站着，眼神呆滞，拉布在他前面用手挥了挥，泡椒的眼睛连眨都没眨。

"泡椒？"拉布轻声说。

拉布眼角余光瞥到什么橙色的东西袭来，他立马把手举起，及时接住飞来的球，球上印着一个大写的蓝色"W"。拉布的呼吸突然急促起来，费尔伍德球馆瞬间变了模样，看台挤满了观众——拉布看到他的爸爸，还有他队友的家人们，就连自己学校的同学们也在这里。拉布扫视着看台，笨拙地挥挥手，心里感到有些困惑。接着他的手突然停在半空中，缓缓垂下，颤抖着。

就在看台的最前面，拉布的妈妈正坐在那里。她围着她最喜欢的围巾……带着花纹的丝绸围巾，那是她奶奶留给她的。围巾像往常一样被解开，和她深黑色的秀发一起披在肩上。拉布一看到这些就喘不过气来，她的头发还是那么浓密，头发又重新长回来了。她的眼睛炯炯有神，不再是凹陷，失去光彩的样子。

拉布的膝盖突然一软，蹲在地上，一只手强撑着自己，另一只手撑着篮球。然后他勉强站起，朝她的方向看去，头昏沉沉的，

第一章 懒散的人 | CHAPTER ONE: LAZY DOG

想要触摸她。她不可能出现在这里,她早就离开了。

"妈……妈妈?"拉布说道,尝试稳定自己的情绪,"妈妈?"

她现在就站着那里,和一群观众们在一起。出奇地一致,所有人一起扭过头来看向墙上的大钟。球员们往拉布身边围拢过来,就像幽灵突然显形一样。拉布继续走着,不管周围在发生什么事,拉布不在乎其他人,他必须和她说话。

"妈妈……你怎么……怎么……?"拉布口中念叨着。

"快投篮啊!"有个人喊道。

拉布的妈妈看着拉布大喊:"把球投出去!"

拉布瞥了眼自己手中的篮球,感到很困惑,他转身看到时钟显示:3……2……

拉布被防守者们重重包围,他焦急地寻找一个可以接球的人,但是他一个队友都没有。观众们还在喊着什么,拉布惊慌失措地看向妈妈的方向。

"不行,妈妈,我做不到……"

1……

"快出手!"他的妈妈说。

拉布转身朝着篮筐,把球举了起来,接着停住不动,他无法把球投出去。重压之下,拉布的肌肉绷得紧紧的,眼睛里噙满了泪水,因为他知道自己在哨响之前就已经失败了。紧接着,观众席整齐划一地响起了嘘声。

拉布的队友们围上来,和人群一起嘲讽他。拉布的爸爸也在其中,他的妈妈——也在嘘他。他要崩溃了,茫然失措地转着圈,眼泪顺着脸颊淌下。

泡椒离他最近,说:"你搞砸了,拉布,你真是一个失败者。"

嘘声越来越大，一瓶饮料被扔到场地里，拉布跳了起来。

"我什么都没做。"拉布试图反驳，"我从来没说过自己要做什么。妈妈！"

"你是一个废物。"雨神走向拉布说，"我们都看到了，你让我们失望。"

"但是……"拉布想要靠近他的哥哥还有妈妈，开口说道，"等一等！"

她逐渐消失在迷雾中。

"妈妈！"拉布大喊。

"快离开这里吧。"泡椒说着，"这个队中，我们没有位置留给失败者。我也不需要一个这么失败的弟弟。为什么你不干脆退出呢？没有你在，我们会更好的，弟弟。"

眼泪顺着拉布的脸颊流下，他没有主动要求承担最后一投，拉布一直努力避免这样的事发生，这就是原因。拉布知道自己关键时候会掉链子。

接着，他注意到某个人正站在队伍的后面，安静地注视这一切，丝毫没有被山呼海啸的嘘声和叫喊声所影响，正是巫兹纳德。

巫兹纳德开口："嗯，很有意思，今天就到这儿吧，我们明天见。"

人群消失，拉布和队友们站在一起，每个人看起来都有点失魂落魄的样子。

拉布看向球馆空荡荡的角落，小声嘀咕："妈妈……"

"明天什么时间见？"泡椒开口问道。

巫兹纳德朝球馆大门走去，门突然被一股强烈的冷风撞开，他大步穿过大门，门随即被重重关上。

泡椒推开门,追了出去,外面太阳高挂。

"球我们还能留着吗?"泡椒大声说,"什么……教授呢?"

巫兹纳德已经离开了。

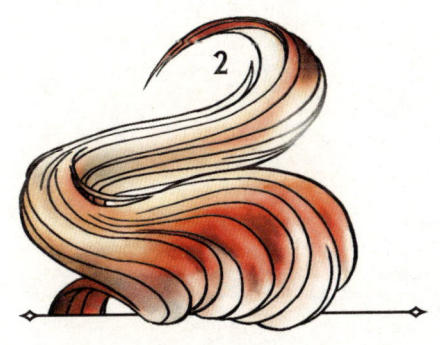

交易的技巧

胜利只是一个空杯子,
用努力、勤奋和同情心填满它。

◆ 巫兹纳德箴言 ◆

第二章 交易的技巧 | CHAPTER TWO: TRICKS OF THE TRADE

第二天早晨,拉布看到泡椒在费尔伍德球馆门前停下来,不安地挪动着,显然对进球馆感到紧张。拉布也有一些障碍,他实在是太累了,现在也是,每次闭上眼睛,都能看到她。耳边哨鸣声不停地响着,拉布仿佛看到她在朝自己发出嘘声和嘲笑。

拉布又让她失望了,不是自己还有谁。

他那时坐在房间外面,白色的墙很晃眼,四周静悄悄的,发生了什么事?他应该走进去吗?不……他待在大厅就好,这样比较容易。假装一切都很正常,没什么特别的事发生。为什么他当初不走进去说句再见呢?

"妈妈……"

拉布将这些回忆驱散开,把回忆埋藏到比之前更深的位置,不断下沉。拉布试着想除了她以外的任何事情。不管巫兹纳德昨天对他使了什么把戏,都有些残忍。昨晚拉布几乎没怎么吃东西,当爸爸在半夜回家的时候,拉布仍然坐在沙发上。爸爸把布满老茧的手轻放在拉布的肩膀上,灰尘在T恤上留下了灰色的印记,像幽灵留下的一样。

"你还好吧？"爸爸问道。

"没事。"拉布小声地说，跟以前一样撒谎。

如果拉布一直重复说自己没事，也许他自己都会信以为真的。

拉布用手抹了把脸，决定回到现实中来，他需要做的是好好打球。另一边，泡椒还盯着绿色的球馆大门看。

终于，拉布开口问道："你在干什么啊？"

拉布希望泡椒能对昨天的事说些什么，他自己也想谈谈——告诉泡椒他所看到的景象，但是那些事实在太荒谬了，也许就是一个把戏，一场梦而已，或者是一段久未出现的记忆在不断蔓延。拉布不明白弗雷迪为什么要雇一个魔术师来做他们的教练，但拉布可不会轻易向这种骗术屈服。

如果泡椒也承认自己看到些什么，就太好了。

"没什么。"泡椒回答道。

"好吧，你不赶快进球馆，你在害怕什么吗？"拉布说道。

泡椒转过身来看向拉布，两条浓密的黑色眉毛皱在一起，看起来就像以前妈妈工作时扎的发带一样。拉布肯定哥哥想说些什么，他能在泡椒的眼中看到疑惑和不解，他昨晚还听到泡椒说梦话，甚至轻声喊道："我在这里……"

两人开始争吵起来。有时候觉得，这兄弟俩似乎是从会说话起就开始吵架了——为家务活、睡觉时间、学校发生的和几乎所有可以想到的事情，他们都可以吵上一架。泡椒固执得像块砖。

"行啦，快走吧。"泡椒指了指前门说道。

拉布不情愿地抓住门把手说："好吧……胆小鬼。"

泡椒感到脸上火辣辣的，随即扒住另一扇门说："我们同时进门吧,如果这样你感觉更好的话。"

"好吧,但我要自己走,我才不需要你呢。"

"数三下?"泡椒说。

拉布叹了口气说:"行,数三下。"

"一……二……三!"

他们猛地拉开两扇门,然后同时往后退了几步。过了一会儿,两人对看了一眼,接着朝球馆内张望。只见雷吉一个人在板凳席做拉伸,眉毛上挑,茫然地看着他俩。两兄弟立刻挺起胸膛,飞快地朝板凳席冲去。

拉布一屁股坐在板凳上,打开自己的背包。跟往常一样,泡椒已经给他打包好了一瓶水和一根燕麦能量棒,还有一条洗干净的毛巾——尽管他们剩下的几条毛巾都是又破又烂的。拉布的球鞋看起来似乎被刷过,他闻到一股青苹果的味道,叹了叹气,早上泡椒第一件事情肯定是洗干净他的鞋。

拉布取出球鞋,而新得到的篮球则静静地靠在旁边,好像在盯着自己看。拉布狐疑地看着篮球,接着皱起眉头。篮球里没有魔法,这里根本就没有魔法。泡椒和拉布在他们的生活中经历过太多的事情,奇迹一次都没有出现。他们看着妈妈去世,看着爸爸从那时开始每天不停地工作,看着邻居在暴力斗殴中逝去——几个月前邻居埃尔文被杀死了。他们看着家里唯一的老人——奶奶华瑞兹在本地脏乱的疗养院中一天不如一天。没有一件事是令人感到愉快的,没有一件事是有希望的。

拉布的胃里有一种发冷的感觉,他突然意识到,为什么巫兹纳德会让自己感到这么愤怒。如果这个世界上真的有魔法,肯定不会出现在波堕姆这个地方。拉布把球拿起来,什么都没有发生。

"跟平常一样。"拉布嘀咕道。

他猜测，昨天发生的事不过就是一个小把戏罢了。

随后，拉布上场，和泡椒一起训练，他停在底角三分的位置。拉布的投篮姿势有些特别，弗雷迪曾经试图纠正他——拉布的手和脚在投篮时几乎保持平行——但这姿势并不影响拉布的命中率，所以弗雷迪最后只好打消了这个念头。嗯，拉布的奇怪姿势通常是准的。

结果，投出去的球砸在筐上，飞到看台，拉布赶紧追了过去。

捡球的时候，拉布瞥了眼看台座位下方，那里积压了许多灰尘，一团一团的，好像云朵一样，发霉的爆米花散落其间，还有些易拉罐、能量棒包装纸和一些其他的垃圾叠在上面。铁制的座椅长期被饮料侵蚀生锈——脱落下来，暴露出一些红褐色斑点。

"他们需要把这个地方烧掉。"拉布恶心地摇着头说。

"我猜这个叫巫兹纳德的家伙，根本不担心准时不准时。"雨神说道。

"他可能不来了。"拉布说着，回到球队里，又投了记三分。

"或许他可能已经来了。"

听到这句话时，拉布摇晃了一下。声音在他身后传来，拉布慢慢地转过身，巫兹纳德就坐在看台上，这不可能，拉布刚刚才从那里回来，他知道看台之前是空的。

"就是一个小把戏，"拉布提醒自己，"他只是在吓你。"

"把球放一边去。"巫兹纳德说道。

巫兹纳德五大步就走到中场的位置。拉布注意到大家都正跑回到背包那儿放球，唯独他自顾自地走着，没有像他的哥哥那样全速冲刺。拉布不会被那些魔术吓到，他最后一个回到队列中，

第二章 交易的技巧 | CHAPTER TWO: TRICKS OF THE TRADE

双手抱在胸前,在边上走来走去。巫兹纳德犀利的眼神看向拉布。

那些回忆去哪儿了?

"从我的脑袋里出去,"拉布想着,闭上眼睛,"这不是真实的!"

声音消失了。

"我猜我告诉他了。"拉布得意地想。

但当拉布睁开眼睛的时候,他发现自己在一条长长的白色走廊里。他知道这个地方,他知道顶上黄色的墙纸在渐渐剥落,露出天花板,还有那烦人的油画,画风明快,鲜花和绿草爬满山坡,最后是铺满瓷砖的地板,破破烂烂的,闻起来有漂白水的味道。

过道里有几张金属材质的旧椅子,拉布记得它们,也讨厌它们。

"不。"拉布小声嘀咕。

一扇门在拉布身边被撞开,他看到里面有一张纯白色的床,一个女人躺在上面。

"巫兹纳德!让我从这里出去!"拉布尖叫道。

拉布往后退了一步,发现自己正站在一艘木头小船里。水溅得医院到处都是,墙壁后退,直到小船到了户外,漂浮在群山环绕的绿松石湖上。拉布脚下踉跄,好不容易稳住身形,站在船体中央的一片小水坑里。他环顾四周,努力让自己的呼吸平衡下来。

小船正慢慢地在进水。

拉布大叫一声,想要找到是哪里在漏水。他双手使劲把冷水往外泼,但还是找不到船体哪里有破洞,水还是不停地灌进来。泡椒仰着身子跪在船上,用冰凉的手指感受着周围的积水。

你就是弄出漏洞的人。

说话的声音似乎来自四面八方,又不知从哪里来。
"我在哪里?"拉布小声地说。

你告诉我。是你创造了这个地方,你的很强大。

"我的什么?"
没有回应。
"什么!"拉布大喊。
拉布眨了眨眼,他突然又回到球馆,喘着粗气,发现全队正分站两侧,准备跳球。首发球员们都站在竹竿的身后,等待球的下落。
"哪里……怎么会……"拉布开口说。
"你要打吗?"杰罗姆问道,奇怪地看着拉布。
拉布犹豫了下,点点头,试着找回自己的方向感说:"当然要打。"
他站在杰罗姆的旁边,杰罗姆上个赛季都是拉布在小前锋位置上的替补。杰罗姆速度快,身高跟拉布差不多——也许杰罗姆加上他的爆炸头比拉布还高1英寸(2.54厘米)。杰罗姆还有着大大的额头,谁要是头撞到他,谁就危险了。拉布有次不小心和杰罗姆撞在一起,好几天都晕乎乎的。
"你脸色有点苍白。"杰罗姆说道。
"睡得不多。"拉布支支吾吾地回道。
杰罗姆点点头,说道:"我理解,哥们儿,发生太多疯狂的事了。"

"你看见了什么?"拉布问。

"我看见了很多东西。"

壮翰赢得了跳球,拉布慢慢地回到防守的位置,盯紧杰罗姆。

"你看到了什么?"拉布接着问。

杰罗姆瞥了眼拉布说:"希望再也不要看到的事儿。"

拉布觉得对话已经结束了,杰罗姆似乎不想过多谈论细节,为什么杰罗姆非得要说呢?拉布也同样不想说出他看到的事。拉布用一只手防守杰罗姆,目光始终盯着球。杰罗姆在底角和后场都做了一些假动作,但是拉布没有防得太紧,杰罗姆的移动没有得到太多空间,两人落定,都在等着篮球传过来。

维恩走另外一侧,把球传给雷吉,不出所料雨神断下传球,独自下快攻。其他队友跟着一起跑,拉布却没有行动,他没去管杰罗姆,而是等着下一回合的防守,眼睛始终盯着巫兹纳德。拉布之前看到过的医院病床,还有可怕的忘不了的椅子,这些景象怎么会是魔术变出来的呢?巫兹纳德怎么会知道这些事情呢?

"现在你的这些问题,问得没错。"有个低沉的声音说道。

拉布思索着,可以把椅子这些东西,回忆得这么清楚生动,而且还带着细节,重新创造出它们影像的人,只有一个,就是他自己。连泡椒也做不到这些,难道是拉布自己把那些画面召唤出来的吗?

当替补队员再次进攻时,拉布已经落好防守的位置了。不过很快,他就被杰罗姆轻松突破上篮得分。他皱起眉头,他预判错了对方的突破路径,扑得太凶,导致中路被过得一干二净。拉布准备推进时,突然意识到泡椒正在被人盯人的防守所困扰,好像他忘记怎么运球一样。拉布看到泡椒刚过了一半,直接一头冲到维恩的怀里去，维恩轻松切下球后，直接上篮得分。

"你在干什么呢，泡椒？"拉布问道。

"什么也没干啊。就是把球丢了而已。你还不赶紧回来做掩护。"

"我看你不会运球了，是吧？"拉布说，"你的运球看起来跟竹竿差不多。"

"谢谢你哦。"竹竿插了句。

拉布叹了口气，这也正是竹竿需要的：对他自信心的另一次打击。

泡椒继续往前场推进，刚刚启动，另一边的拉布就开始移动了。他假装空切进内线，导致杰罗姆一下失去了平衡，拉布随即招手要球。雨神在另一侧看起来跟丢了魂似的，所以泡椒只好把球甩给拉布，拉布准备出手三分。

"我认为你本应该更优秀一些。"某个人在说话。

拉布愣住，身旁突然出现一个年纪较大的人，留着一头短短的白发，目光炯炯有神，拿着写字板，穿一件绿色短夹克，上面绣着拉布喜欢的大学团队的标志。那人在写字板上写着什么。

"你是谁？"拉布皱起眉头问道。

"贾维·'拉布'·华瑞兹。"那个人说，然后继续写道，"一个低配版的雨神·亚当斯，没有地方会要的。"

拉布有点激动地说："但是我还没……"

"潜力都被浪费了。"那人翻到下一页，似乎做了一个决定说，"令人失望。"

拉布脸上一阵滚烫，没有别人看得见这个人吗，还是说这又是幻觉？

杰罗姆逼近拉布，把手举起要去封他的投篮，那人看向杰罗姆，显然对拉布的替补更感兴趣。拉布慌慌张张地把球传回给他的哥哥，那人瞬间消失。拉布揉了揉眼睛，他之前确实看到有人，他肯定看到了。

每次拉布一拿球，就会有更多的球探出现，他们或是唉声叹气，或是摇摇头，记下什么东西。一位球探称拉布是"来自波堕姆的又一个乞丐球员。"拉布投了几次篮，总是偏得很离谱，很快他就避免接球了。球探们仍然在陆陆续续出现。

"比他的哥哥差。"

"他的爸爸肯定羞愧死了。"

"应该安心找一份普通工作才是。"

"从波堕姆这个地方出来的就没什么好货。"

终于，巫兹纳德大步迈入球场："今天的训练就到这儿吧。"

"今天什么基础动作不练吗？"泡椒问道。

拉布不屑地哼了一声，只有泡椒会像这样，在比赛过后问起训练的事。

巫兹纳德把球放在一边，走到看台上，在最前面的一排找了个位置坐下，看看手腕上的表。就在这时，更衣室的门突然被一阵可怕的狂风撞开，拉布盯着门，试着想出一些理由，任何理由都行，解释为什么风从一个没有窗户的房间里出来。但是拉布知道，自己想不出任何理由。当他回身看时，巫兹纳德已经不见了，更衣室的大门重重关上，四周陷入一片沉默中。

"所以说……我们都同意，教练是个女巫，对吧？"壮翰说道。

拉布揉了揉自己的额头，发生太多事了，绝对不是真的，肯定不是。

"你要骗自己多久呢？"一个声音在问他。

这一次的声音听起来，似乎像他自己的声音。

拉布盯着壮翰说："你是6岁小孩子吗？根本就没有女巫这种东西。"

"谁说的？"壮翰回应。

"每个人都这么说，物理学和逻辑可以证明，我知道它们不是你的强项。"

"你还不是挂科了……"维恩插了句。

拉布很生气："泡椒跟每个人说了我的事？"

他跟着泡椒往板凳席方向走去，一屁股坐在凳子上，猛地喝下瓶子里最后的几口水——酸酸的、棕色的水，闻起来像硫黄一样。白色的走廊又一次出现在他的脑海中，还有那些坚硬的金属椅子。为什么都这么久了，他还是会看到它们出现呢？拉布一直都想忘记它们，忘记关于那件事的点点滴滴，为什么这些回忆就不能消失呢？

拉布把球鞋扔进包里，合上拉链，几乎听不进任何人的声音。

"这个叫巫兹纳德的家伙把事都搞砸了，是吧？"杰罗姆站起身来对拉布说。

"是的，"拉布咕哝道，"他不是唯一一个。"

◆ 3 ◆

最后一根稻草

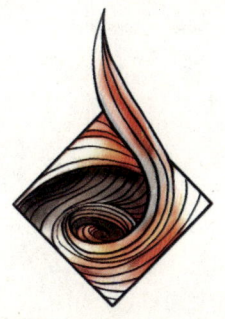

愤怒，是你的大脑在提醒你快走开，
然后深呼吸。

◆ 巫兹纳德箴言 ◆

第三章 最后一根稻草 | CHAPTER THREE: THE LAST STRAW

　　拉布多么希望自己还待在床上。早上泡椒把他从被窝里拽出来，甚至一度狠狠地揪着拉布的耳朵。昨晚又是一个漫长的不眠之夜，太多问题在脑海中萦绕，拉布却不太想回答。为什么当时他不进房间呢？为什么妈妈一定要离开他们？为什么从那时开始一切都变了？这些难以回答的问题，使整个夜晚变得更加沉重，第二天早上让人感觉更加糟糕。

　　在拉布的心中，他知道自己之前看到的并不是魔术师的把戏，那些幻象甚至可能不是巫兹纳德弄出来的。不管它们是什么，都无比真实，让人看得见摸得着，这也使拉布更加生气。如果真的有魔法，它也并没有什么用。为什么魔法不能让拉布的爸爸得到一份更好的工作？让他们一家吃得更好一些？为什么魔法不能挽救她的命？拉布环顾四周，昏暗的城市布满了大大小小的棚屋，工厂在上空不断喷出废气。为什么魔法不能改善这个地方呢？如果魔法真的存在，它也太残忍了，而如果魔法的效果是取决于拉布自己，是不是在说，拉布也太残忍了呢？

早晨已经很热了，跟波堕姆大部分七月天一样。停车场闷热潮湿，微风轻轻地吹过，雾霾呛人，拉布受够了。人们在街上游荡，为了垃圾桶里的残羹剩菜大打出手。看看周围，事实就是拉布的未来仿佛早已注定，他无法接受这样。

"巫兹纳德，为什么你不来改善改善这里？"拉布生气地想着，用力踢了一脚被丢在地上的纸杯，里面的咖啡溅到他的鞋上，拉布更郁闷了。

泡椒今天早上心情也不太好，他和拉布为魔法、巫兹纳德和其他事情几乎吵了半个晚上。泡椒坚信看到的画面和魔法都是真的，拉布也这么认为，但是拉布不想承认——或者说是不能承认——这个态度让泡椒非常生气，以至于泡椒现在还很介意拉布的话。

"你到底有什么毛病啊？"泡椒问道，"为什么你就不肯承认有什么事不对劲呢？"

拉布咬紧了牙关，为什么泡椒就不能不想了呢？

"抱歉，因为那些不符合这个世界运行的规律，那根本不是魔法，泡椒。"拉布斩钉截铁地说。

拉布手抓在门把上，他强迫自己不要去想那些事——看到的画面和回忆，还有它们到底意味着什么。拉布要做的就是走进球馆，好好打球就行。这就是他要来这里的原因——逃离这一切。

泡椒一把拉住他的胳膊说："是不是跟妈有关？"

听到那个词后，拉布突然哆嗦了一下。泡椒叫"妈"，而拉布叫"妈妈"，拉布从还是小孩子的时候开始，就一直是这么叫的，从来没有改过这个习惯。这个问题使拉布更加愤怒，当然跟妈妈有关，所有事情都是关于她，难道泡椒不知道吗？他没有因为失去妈妈而难过吗?拉布猛地甩开了泡椒的胳膊。

拉布大叫道:"这与任何事都没有关系。"

"我也很想她……"

泡椒不会像拉布这么思念妈妈,对拉布来说,每分每秒都备受折磨。

"你看着她死去,我也一样。"拉布的声音有些嘶哑,"这不是魔法,不是吗?"

拉布冲入球馆,朝板凳席的方向跑去。眼泪似乎马上就要涌出,他赶紧用手臂擦了擦眼睛。痛苦仍然那么清晰,这使他反胃,胆汁流到喉咙里。泡椒一定要提起吗?为什么大家就不能干脆把这事忘记呢?

不经历伤痛,人们无法真正成长。

"走开!"拉布心里想。

拉布猛地一屁股在板凳上坐了下来,不管其他人怎么看,自顾自地脱掉他的鞋。他远远地听见其他人在谈论关于电话号码的事,那是巫兹纳德昨天给的,他们的父母打了那个电话。这些议论只是让拉布觉得更难受,因为他的爸爸根本就没能打电话——昨晚爸爸又过了午夜才回家,疲惫不堪,他的牙齿都已经被矿区的灰尘染黑了。拉布迅速给球鞋绑好鞋带,拉上背包上的拉链。

然后他抬起头,一瞬间愣住了。"不会吧。"拉布喃喃地说。

球馆是空的,一面白色的屏幕在拉布前方展开——屏幕的款式很旧,放在一个三角金属支架上。拉布坐着的板凳旁出现了一台老式放映机,跟他学校里放映用的那款一样。拉布疑惑地看着放映机,里面没有胶片,也没有电源线。拉布看了看周围,突然被吓了一跳，只见巫兹纳德坐在身旁，双手交叉放在膝盖上。

"你为什么非要做这种事？"拉布急忙说道。

"做哪种事？"

拉布很生气："这是什么？另一个幻觉？又要来上一堂烦人的课？"

"你觉得自己哪个队友的生活是最美好的？谁最幸福？"

"什么？"

"好好想一想，你似乎不喜欢自己的生活，你更想选择谁的生活呢？"

拉布生气地看着巫兹纳德，想着或许自己配合回答他的问题，巫兹纳德就会快点让他回到训练中。拉布在心里想着他的队友们，各有各的好，有的天赋更好，有的身材更好，但拉布想知道有钱是一种什么样的感觉。钱可以用来买手机，买那些可以自动绑带的球鞋，还有一栋很好的房子，室外能有一个真正的篮筐。

有钱可以看医生，有钱也可以让他的爸爸休息一下。

"我猜是竹竿吧。"拉布说，"他的家庭环境比较好。"

巫兹纳德点点头，从口袋里掏出一卷电影胶片，边上写着竹竿两个字。

"把它放进去。"巫兹纳德说道，指了指，"就从这里放进去，然后按那个白色的按钮。"

拉布皱了皱眉头，接着按巫兹纳德说的做了。他把胶片放进去后，按下按钮，放映机启动，发出嗡嗡的声音，机体在震动，随后里面开始转起来，一个模糊的画面出现了。

"这是什么……"

"就是你想要的。"巫兹纳德慢条斯理地说道，"是你自己选的,全队最好的生活。"

竹竿出现在一面镜子前,房间看起来不太熟悉——肯定是竹竿家的卫生间。没有污渍的柜子,崭新的洗脸台,这些拉布早就料到了,但他没料到的是,竹竿在哭泣,眼泪不断地从脸上滴下。竹竿把手放在脸上,先是搓了搓,然后用力捏,接着往外扯。

"什么……他在干什么啊?"拉布小声地说。

"接着看。"

拉布看了几分钟,他看到竹竿的皮肤破了,血流下来,接着哭得更加厉害。场景突然变换了一个,拉布看见竹竿的父亲正在对着他大吼大叫,教训他,让他在一个又一个放满擦得锃亮的奖杯的架子前走来走去。拉布又看到竹竿独自一人在昏暗的卧室里哭泣,纤细的手搭在脸颊上,泪水、血液和鼻涕混在一起。拉布看到了痛苦,随即转过身去,胃里一阵翻腾。

"你是怎么得到这段录像的?"拉布小声地说,"你怎么会知道这些?"

"如果你花时间去看,会发现我们每个人都有自己的故事。"

"我……我不知道。"

"因为你没有用心去发现。"

拉布皱起眉头说:"但这只是他一个人的生活,给我看维恩的生活,他的爸爸经营着一家当铺。"

巫兹纳德把另一卷胶片递给拉布,拉布不情不愿地把胶片塞了进去。第二段视频开始,就跟第一段一样的颗粒质感。几个画面飞快地切换:在学校的教室里,维恩被推来推去;傍晚的时候,在公园里,维恩被一个更大的男孩揍了一顿,然后把瘀青遮盖起来。维恩把晚饭吐了出来,他走来走去等着他的兄弟们;另一画面是维恩从他爸爸的店铺里偷了部手机……

"快关掉!"拉布强烈要求,"你为什么要给我看这个?"

"因为你觉得自己很孤独。"

拉布不屑地说:"所以我们大家都很痛苦,太好了,我现在感觉好多了。"

巫兹纳德说:"不要把别人的生活想得太过美好,每个人都有自己的痛苦。"

"你是干什么的……一张行走的海报?专门激励别人?"

出乎拉布的意料,巫兹纳德大笑起来:"我之前听到过这样的说法。"

"你怎么做到的?"拉布问道,指了指那块屏幕和整个空荡荡的球馆,"这是怎么弄的?"

"是你把我们带到了这里,你的格拉纳。"

"格拉纳?"

"是一种能量,从我们的情绪中而来,从每个人的个人经历中而来,它会塑造每一个人,只需要一个机会,它就会被释放,给我们展现出我们需要看到的事物。"

"我很肯定你就是乱编了一个词而已。"

"你应该已经知道,是你创造了那条白色的走廊,你也制造了自己的恐惧。"

拉布看向别处,他之前就怀疑过这个说法,难道他真的使用了某种称为格拉纳的能量吗?

"它听起来还是像编的。"

巫兹纳德笑了笑:"我猜你更喜欢我叫它魔法?"

拉布插嘴道:"世界上可没有什么魔法。"

第三章 最后一根稻草 | CHAPTER THREE: THE LAST STRAW

一瞬间,拉布又回到球馆里,全队正盯着他看。

"真的吗?"一个低沉的声音问道。

顺着声音的来源方向,拉布猛地一转身,不小心从板凳上跌下,队友们围了上来,七嘴八舌地抱怨着。

"如果你不相信有魔法,还得多体验体验。"巫兹纳德说着,在板凳旁走来走去,目光看着拉布,故意眨了眨眼,"我们先跑圈。"

拉布怒气冲冲地慢慢爬起身来,朝队列中走去。

"大家来罚球吧,每人投一次。"巫兹纳德说,"只要投进,大家今天就不用跑了。要是没投进,全队就多跑5圈。"

大家跑完5圈后,泡椒从队列中走出,大口往外呼气,好像在给气球吹气一样。

"我来吧。"泡椒说了句。

拉布对此没有多做争辩,他感受到额头上豆大的汗珠在滚下,显然,他们都需要做些有氧运动。拉布抬头,正好看到泡椒在罚球——随后难以置信地看着泡椒把球投过篮板,至少偏了10英尺(约3.05米)。

"刚刚那个投篮是什么啊?"拉布说。

泡椒慢慢地转向队友们说:"我……我不知道怎么回事。"

"再跑5圈。"巫兹纳德说道。

拉布皱起了眉头,虽然泡椒不是队里罚球最好的球员,但肯定不是最差的,没有人会像他刚刚投得那样离谱。泡椒肯定看到了什么东西,是不是意味着他也能使用格拉纳能量?拉布迫切地想知道,是否其他人也能看到一些东西,以及那些东西都是关于什么的。

拉布的眼神飘向竹竿和维恩，至少他可以猜到这两个人的。

阿墙突然叫道："唔……"

拉布转身一看，呆住了。全队都停了下来，瞬间就知道为什么——整个球馆的一头翘了起来，球场弯曲着，直到变成接近45度倾斜的角度。拉布感到自己在往后面滑，赶紧抓住一旁的阿墙。

"这……不可能。"拉布喘着粗气。这次不仅是拉布一个人，全队都在地上爬着抓着，努力不让自己往后倒。

巫兹纳德则稳稳地站在场地中央，不管地板倾斜得多么厉害。"开始。"

于是所有人开始跑步。随着球馆每一次变换，拉布感到自己的整个世界都在改变，世界观也随之改变。山谷、阶梯和接连出现的障碍都是突然冒出来的，每次拉布拐弯的时候，他都觉得接下来发生的事，绝对不可能发生。拉布奔跑，攀爬，跳跃，他的大腿在发酸，但是他始终觉得这一切都只是脑袋里的幻想在作祟。

墙壁在动，地板也在动，他身边所有东西似乎都不是静止的。

这也证明了拉布早先的怀疑，他感到愈加愤怒。如果格拉纳能量可以这么轻松地改变事物，甚至是建筑物，为什么波堕姆这地方依然还是这个样子？为什么人们还过得这么惨？为什么人会死？

拉布往前迈出一步，感到地板正在他的脚下瓦解，接着他便坠入黑暗中，哭嚎着，嘶吼着，不停旋转，随后突然停了下来，差点站不稳脚跟。

"我以前经常问自己这些问题。"巫兹纳德说道，从黑暗中走出来。这里似乎没有地板、天花板或者墙壁，但两个人都站着。"在我年轻的时候，我就知道格拉纳，但当我看到波堕姆这样的地

第三章 最后一根稻草 | CHAPTER THREE: THE LAST STRAW

方,我想知道它们为什么会存在。"拉布弯下腰,感到早餐都快要吐出来了:"一点……都不好玩……"

巫兹纳德朝周围黑暗的部分指了指,房子开始像蘑菇一样冒出来,拉布脚下的地板变成了灰色,接着碎裂。一大堆垃圾像是洪水倾泻一般从黑暗中涌出。然后是一堆生锈的汽车,把街道塞得满满当当,天空也开始显现——暗灰色的,已经被废气污染了。还有人,在这个逐渐成型的城市里行尸走肉,有人躺在街角的地上,有人挤在潮湿阴冷的小巷里,拉布对这些场景很熟悉。

"就在我家附近……"拉布开口说道。

"看看你的手。"巫兹纳德建议。

拉布照做了,只见一道银色的光正穿过他的手,他大叫一声,往后退了几步,惊恐地看着银光在他的身体里流动。银光像是血液一般在身体里流动着,分流到毛细血管,最后又汇聚到大动脉。他的身体里也有黑暗,就在他内心深处,像黑夜一般漆黑。

"格拉纳并不存在于建筑或者汽车里,拉布,它只存在于人们的体内。"巫兹纳德转身朝着出现的城市说。那些汽车和建筑物在慢慢变暗,变成了阴影,但人们却逐渐变亮。每一个人都变成了黑暗中的一个银色光点,巫兹纳德平静地说:"格拉纳就在人们的体内。"

拉布举起一只手,布满银色的光:"你到底在说什么啊?"

"人们会死,是因为这是不可避免的。但是他们的日子过不好,原因是他们没有正确使用自己的格拉纳能量。富人出卖穷人,强者欺负弱者,他们本应该有能力做得更好,他们可以改变这种现状。这是他们的选择。"巫兹纳德看着拉布,指了指他漆黑的内心:"我告诉过你:格拉纳从你的情绪中演化而来,情绪失控,格拉纳也会失控。"

巫兹纳德朝拉布的方向走了一步,目光如炬,绿焰闪烁。

"如果你厌恶你所看到的,就改变它。如果我们改变自己的想法,改变我们的情绪,真实的世界也将随之改变。这就是我们解决问题的方法。"

拉布在巫兹纳德的注视下浑身不自在:"我只是个孩子,什么都做不了。"

"我们拭目以待吧。"

拉布突然发现自己又回到队列中,队友们都在他的身边,每个人都在大口喘着气。

"拉布,你准备投篮吗?"阿墙用一只手指戳了戳拉布,问道。

拉布四处张望了一下,随即检查他的双手还有没有银色的光,双手已经恢复了正常:像核桃纹路一样的皮肤,手背有些许斑点,手指依然柔软,细皮嫩肉的。拉布清了清嗓子,直起身子来点点头。

"是的,当然要投。"他说道。

拉布接过巫兹纳德的传球,慢慢地朝篮筐走去,试着调整自己的呼吸。银光流注的血管和那道炽热的目光在他的脑海中挥之不去,巫兹纳德的话也在心中回荡着。

那就去改变它。

拉布摒除杂念,现在他要做的事就是把这个球罚进。他运了几下球,随即抬头看向篮筐,还是很紧张,这个普普通通的篮筐好像也在凝视着自己。拉布又做了个深呼吸,举起球准备投篮,

第三章 最后一根稻草 | CHAPTER THREE: THE LAST STRAW

这时他的面前突然出现了一个人。

这个人留着浓密的胡须,胡须上还挂着些食物残渣,包括一块小鸡骨头。头发很长,互相缠绕在一起;衣衫褴褛,圆圆的肚子从裤子里突出来,裤子只靠一条破旧的松紧带绑着。这个人笑了笑,牙齿像黄色的玉米粒一样,还带着些棕色斑点。不过,他的眼睛差不太多。拉布熟悉这个长相,就是他自己。

"你绝对罚不进这个球的。"脏兮兮的男人说着,脸上带着狡黠的笑容,拉布认出来了,这就是自己有时对泡椒展示的笑容,"你会让大家失望的,你只配在波堕姆生活。"

拉布大叫一声,下意识地把球投了出去,篮球砸在后筐的位置,又弹了回来,那个男人已经消失了。不会的,绝对不会成为那样的人,拉布不想未来是这样:无家可归,孤独终老。

你可以做到你想做的,不让任何人失望。

拉布站在罚球线的位置,全身发抖。然后他默默地走回队伍中,试着忘记脑海中那张饱经风霜的脸。全队再次开始跑步,拉布强迫自己的脚迈出去,想逃离刚刚看到的那些幻象。

维恩、壮翰和竹竿相继错失罚球,每一次罚丢球,都意味着球队要再跑5圈,穿过那些奇怪的障碍物。拉布已经累得直不起身了——双腿像灌铅一样,脑袋也昏昏沉沉。终于,雷吉罚中了球,全队发出微弱的欢呼声。

"喝口水,休息休息吧。"巫兹纳德说道,"大家把水壶拿过来。"

拉布拿着水瓶,和大家一起坐成一圈,脑袋里还在想着看到的幻象。如果正如巫兹纳德所说,这些幻象都是拉布自己创造出来的，为什么他不能制造出更好的景象呢？比如被授予荣誉和奖杯的场景，或者是沙滩上他的爸爸舒舒服服地躺在吊床里的场景呢？拉布要怎样才能做到？

格拉纳源自你的恐惧、你的欲望，在你能够完全了解它之前，你必须直面黑暗。

"我不想这么做！"拉布心里想着。

所以你选择看似简单的路。

拉布挠了挠额头，通过思考来说话真是一种奇怪的感觉：拉布不得不集中注意力，赶走以前经常在他脑袋里徘徊的杂音。拉布惊讶于自己可以这么轻松就做到，这是真的吗？难道……格拉纳能量正在他的身上流淌？也在所有人的身上流淌？如果真是这样，为什么直到现在才被大家发现？巫兹纳德又是怎么解锁潜力的呢？

你会学到的。

巫兹纳德从包里拿出一盆雏菊，然后盯着花看，像着了迷一样。"通过一朵花来学？"拉布皱起了眉头。

我想不出比这更好的办法了。

拉布叹了口气，安心坐下来，让自己的大脑放空。至少这对他来说并不难，而泡椒则几分钟都待不住——泡椒已经坐立不安了——但是拉布不介意这样安静的氛围。大多数夜晚，拉布躺在床上，看着灰色的天花板，借助夜灯的微弱光线用手比画着，用

第三章 最后一根稻草 | CHAPTER THREE: THE LAST STRAW

影子做出一些形状,另一边的泡椒早就呼噜声大作了。

有两次,他的爸爸把夜灯拿走,拉布在黑暗中便感到惊慌失措。

"在黑暗里有什么好怕的呢?"他的爸爸曾经说过,"这是一天当中最美好的时段。""你什么也看不见。"拉布回答。"所以呢?""所以你不知道有什么会出现。"拉布的爸爸开玩笑说:"所以你是在害怕生活啊,这个问题就有点麻烦了。"

尽管如此,那天晚上拉布回到房间,发现夜灯还是在它原来的位置,他的爸爸再也没有把夜灯拿走过。

就算有夜灯的安抚,躺着一动不动地想事情,也不是一件容易的事。晚上有些时候,拉布的思绪会飘到他不想去的地方,重拾那些记忆,他宁愿永远放在过去的记忆。现在,记忆又慢慢回来了,拉布试着让自己的注意力集中到篮球上。

拉布跑到外线,接到球,哨声就要响了……快出手……快出手……篮球牢牢地被他抓在手里,他无法出手投篮,球迷们陷入疯狂,快出手……投篮……投篮!

拉布眨了眨眼,从画面中摆脱出来。沉默的时间格外漫长,很快拉布就觉得有些难受了,泡椒则好像马上就要爆发一样,手指在抽搐。

"身体的哪部分先动?"巫兹纳德问道,打破了这份沉默。

"这跟花有什么关系?"拉布生气地想。

跟时间有关。

"我们就是在浪费时间。"拉布想着。

噢，当然不是，我们在创造更多的时间。

拉布皱起眉头，双手交叉。他在脑袋里对话，盯着那枝花看，已经做到了巫兹纳德要求他做的所有事情，而他得到的只是含糊不清的回答和一些似是而非的定义与说教，这不公平。

那就去改变规则吧。

"不要再说了！"拉布想着，就算是在脑袋里，他的声音也听起来怪尖锐的。

"怎样才能拥有更多的时间？"雨神问。

"看着花朵长大就行。把水壶放一边去吧，今天还有一堂课。"

巫兹纳德走到球馆中间的位置，在包里翻来翻去，抖出一些东西来，这些东西足够塞满一个皮卡车。不一会，球场上的障碍训练课就被布置好了。拉布还从来没有看到过这么多的道具——全部是新的。

拉布突然迫切地想知道巫兹纳德是从哪里来的，训练结束后又会去哪儿。

"格拉纳王国。"拉布回想起之前的那份合同上写的。这个名字也带来了一些回忆，他妈妈唱过的歌，记不太清了。拉布努力回想，似乎有一个地方就叫作格兰蒂，还有一个奖杯——可以修好任何的东西。拉布看向远处，嘴里小声地把歌词唱出来：所以他们从远方而来，为了和平而来，他们都……

拉布的歌声渐起，柔和悠扬，眼睛突然间有些刺痛的感觉，他赶紧中断了回忆。

巫兹纳德指导球队要如何完成训练，便让大家开始了。雨神俯下身子捡起球，突然，他抓住自己的右手手腕大叫起来，像多米勒骨牌一样,球员一个接一个低头看,随即都叫嚷起来。拉布不情不愿地也往下看,他的右手,他的惯用手,就这么消失不见了。

"发生了什么?"壮翰大喊,涨红了眼。"为了训练平衡,大家继续吧。"巫兹纳德带着一种惹人愤怒的平静说道。

所有事情似乎都凑到了一块,球馆的变化、格拉纳能量,还有那些幻象——把拉布推到他从未看到过的边缘,而现在,拉布的手又消失不见了,巫兹纳德拿走他身体的一部分,而他并没有好几只手可以给别人。于是,他冲出队列,彻底爆发了。

拉布喊道:"不!这太夸张了,其他发生的事情⋯⋯还好⋯⋯但这件事简直糟糕透了!"拉布冲到板凳席,然后回过头,紧握着他的手腕说,"快把我的手还给我,你这个怪人做的好事!"

"如果有人无故脱离训练,他们将会永久被球队除名。"巫兹纳德说话的声调和之前一样:平稳,冷静。但话还没说完,拉布就停下来了,话中威胁的意味正在他的耳边回荡,其实不能算是威胁——更像是命令。拉布不得不折返回去。泡椒当然会和拉布站在一起。"我能看到你的手。"泡椒说,"它就在那里啊。"拉布低头看了看说:"没有,它不在这里,我是唯一一个失去手的人!"

看起来确实是这样,其他人的手都还在,尽管每个人都紧紧抓住自己的手腕,把手抱在怀里,但看上去手依然在那里,没有消失。拉布回过神来,仔细观察周围。大家当然看不见自己的手,他们一直在哭喊,其他人都能看见拉布的手,那么,消失的手应该又是幻觉。

拉布的头有点晕,他试着保持冷静。这是大家自作自受的——巫兹纳德之前有这么说过,那意思是⋯⋯大家应该失去自己的手？到底为什么会这样呢？"这不可能。"拉布说道，感觉自己的双腿有些站不稳。为什么？为什么他要失去一只手呢？

你终于能慢慢看清了。

"众所周知，可能或不可能，其实非常主观。"巫兹纳德回答道，"大家可以开始了吗？"

"那快开始吧。"泡椒看着拉布说。

拉布站在那里，目光在队友之间游移不定，然后看向巫兹纳德。

如果你就这么退出，所有事情不会改变。

"我没什么意见。"拉布想着。

你真是这么认为的吗？

拉布转过身，想到了自己的爸爸，还有他们那破旧的房子。他的心里感觉没着没落的，似乎自己怎么也抓不住幸福，深陷在永不褪色的回忆中，有时候，或者说大多数时候他都在想，是否值得坚持到底。寒意渐起，拉布的皮肤有些刺痛。

"也许选择放弃会轻松一点。"拉布想着。

那个声音又出现了，表示赞同——"当然，所以你才会知道，到底什么是错，什么是对。"拉布强忍着泪水，低头看向自己仅剩的一只手，他想打球，他需要打球，篮球是最后一件有意义的事情。于是拉布走回队列中。

那么要开始走艰难的路了。

障碍训练开始,拉布排在最后一个。当他朝篮筐的方向运球时,到处都是叫喊声、摔倒和沮丧。他的表现并没有比队友们好多少。拉布的左手不太协调,虽然比泡椒的左手强一些。他搞丢了上篮,运球运着直接让球撞在障碍锥上,传球传得烂,投篮三不沾。拉布以为只是开头比较差而已,但下一轮他还是这样的表现,第三轮、第四轮依然惨不忍睹。拉布甚至在把球传给阿墙时,直接击中了他的脑袋。整场训练就是一场不折不扣的灾难,最终结束的时候,拉布已经直不起腰了。他擦了擦自己的脸,全身早已被汗水浸湿,嘴里尝到咸咸的味道。

"我们能把手要回来吗?"雨神满怀希望地问道。

"明天练习防守,这个很有用。"巫兹纳德说道。

拉布朝巫兹纳德问:"等等……今天晚上我们还不能拿回自己的手吗?教授?"

说话间,巫兹纳德正走向临近的一面墙,而那旁边50英尺(约15米)的范围内都没有门。拉布正要开口说话,灯泡突然闪烁了几下,随即熄灭。一阵强风刮进了球馆,谁也不知道从哪里进来的,灯泡再次亮起,拉布盯着那面看似无法通过的墙,而巫兹纳德早已不见了踪影,球馆里,大家陷入沉默。

泡椒说:"好吧,雨神,我觉得是不是应该和弗雷迪聊聊?"雨神点点头说:"是时候炒掉巫兹纳德了。"拉布看着他们两个人,有点诧异,炒掉巫兹纳德?这也是他自己的想法……不是吗?如果大家能摆脱巫兹纳德这个家伙,格拉纳什么的也就消失不见了。事情会回到正常的轨道,这也正是拉布之前一直想要的。他看了看周围,球馆已经很旧了,残破不堪的样子。

有那么一刻,拉布好像突然看到银色的光在队友之间穿梭,接着注入地上，像静电一样把所有人都连在一起。拉布眨了眨眼，诡异的画面不见了。

拉布回到板凳席，左手捋了捋头发，头发又长了不少，被汗水浸湿。他能感觉到，浸湿过的头发直挺挺地立着，使他看起来像疯子一样。拉布低头看向自己切口平整的手腕处，那里好像也有银色的光，弥补了缺失的手。他叹了口气，笨拙地踢掉了汗湿的鞋子。

"还认为这不是魔法吗？"维恩一屁股坐在拉布的身边，开口问道。拉布瞥了眼维恩，回想起之前看到的那段画面中有些颗粒状的视频。维恩被欺负，对兄弟们的担心，还有从他爸爸的店铺里偷东西，维恩也有自己的困扰——实际上，拉布不确定在看过视频后，自己还会不会愿意和维恩或者竹竿交换生活。

"好吧，算是魔法。"拉布说道，停顿了几秒，"听着，呃，如果你有什么麻烦事的话，你知道我们都在的，对吧？比如，你可以跟我和泡椒说，或者跟球队的其他人说。"

维恩皱了皱眉头："嗯……当然，我知道啊，为什么突然说这个？"

"正常情况下我们可以帮忙，不对，丢了一只手可不算。"

维恩大笑起来，一个声音突然出现在拉布的脑袋里，像是耳语一样。

黑暗中，有一道光出现了。

4

魔球

当你掉落洞中，先帮其他人出去。
一旦你做到了，洞将不复存在。

◆ 巫兹纳德箴言 ◆

第四章 魔球 | CHAPTER FOUR: THE ORB

拉布沮丧地坐在主队板凳席,双眼盯着右手,手腕以下空空如也,他对此还没有习惯。现在拉布已经确定,除了自己,其他人都能看到他的右手,他的爸爸也能看到。拉布一直在等他——爸爸又是在凌晨才回到家——两个人一起吃了些锅里的剩饭,拉布故意笨拙地用左手拿勺子吃饭,右手伸出来放在桌面。对于他反常的举动,爸爸一句话都没有提,只是像一个饥肠辘辘的人那样把食物扒拉进肚子,无关痛痒地问了些拉布训练的事情。

拉布咕哝道:"太好了,我觉得其他人都想炒掉巫兹纳德。"

"为什么呢?"他爸爸问道,手中的叉子停在嘴边。

拉布想把所有的事都告诉爸爸,但是要怎么说呢?他的爸爸跟以前的拉布一样不相信魔法的存在。爸爸很有可能就是让拉布多去睡一会,或者吃好一点,再不然就是多做些作业。去做作业是爸爸对于任何事一贯的回答——甚至在暑假期间也是这样。

"性格不合。"拉布含糊不清地说。

他的爸爸有点诧异:"性格?跟篮球有什么关系?"

拉布揉了揉自己的眼睛说："如果大家相处得很好，会锦上添花的。"

"在人们工作的时候，好的性格的确有帮助。"拉布的爸爸回答说，"至于相处得如何，那是后话。"

他们吃完夜宵后就各自回了房间，拉布几乎整个晚上都躺着没睡着。后来他终于睡着，感觉就像刚刚合上眼睛，阳光就洒进来，接着泡椒就拽着他的耳朵，把他从被窝里拉出来。拉布艰难地爬起身，用一只手刷牙，用一只手穿衣服，用一只手吃有些变质的燕麦。这有些困难，尴尬，还有些烦人——特别是泡椒就在旁边。泡椒似乎很享受这种情况，他一直在说这就是一个挑战，也是一个机会，锻炼他们的弱侧手，还说了些无聊的激励人心的话，也使拉布想到，泡椒或许非常擅长对自己说这些话，这让拉布更加受挫了。

现在两个人正坐在板凳的一端，拉布尝试着绑鞋带，鞋带再一次松开，他颓然地往后一靠，叹了口气。

"我现在很讨厌你。"拉布对着球鞋咕哝道，然后看向他的哥哥。

泡椒也在尝试着用一只手绑鞋带，把鞋带结弄得很乱："我们今天会把手拿回来的。"

"你怎么知道？"

"因为巫兹纳德说过的。"

"泡椒，我们谈论的可是一个疯子。"

"我不确定他是不是疯子，不过确实很神奇，对了，弗雷迪今天会来。"

"你知道自己在说什么吗？你想不想炒掉那个夺走我们手的

第四章 魔球 | CHAPTER FOUR: THE ORB

家伙？"

"他走的时候，手肯定就回来了。"

"你怎么对这件事这么无所谓？"拉布言辞犀利地问。

泡椒叹了口气，转身面对拉布说："你想要我怎么做？拉布，这是魔法的力量。"

"魔法不应该存在，记得我说过的吗？"

"好吧，确实不应该存在，但我还是觉得有点酷，除了把手变没了这件事，你不觉得吗？"

酷？显然，泡椒没有经历过拉布所经历的场景，他没有看到妈妈，他也没有在那艘正在下沉的小船里。拉布则遭受过真正的格拉纳能量所带来的折磨——似乎就是巫兹纳德所描述的那样。那些恐惧、问题和黑暗，都是所谓的"魔法"带来的。

"你怎么说话跟小朋友一样。"拉布说道。

"你听起来就像是一个爱发牢骚的老头。"泡椒抢话道，"你只会抱怨，你抱怨起得太早，你在家无聊地走来走去，你还不吃我做的饭，你再也不去海德那里玩了，你似乎也不想打球了。你现在到底怎么了？"

拉布盯着泡椒。他和哥哥经常互相揶揄，开一些玩笑，但是从来没有像今天这样。显然，泡椒的这些想法在心里深藏已久，可能说得没错，拉布有时会感到压力很大。

难道泡椒觉得这是他自找的吗？难道泡椒忘记她已经过世了？泡椒是不是忘记他们现在住在哪里？有那么一刻，拉布好像感到自己的眼泪就要夺眶而出，接着，他的脾气反而发作了。

"我好着呢。"拉布怒吼道："只不过我的哥哥是个大白痴。一个愚蠢的、软弱的、自以为是的……大白痴！离我远一点！"

"没问题！"泡椒说道。

泡椒故意一屁股滑到板凳的最远端，拉布则把注意力放在球鞋上，继续笨拙地处理鞋带的问题。一只手绑鞋带确实很难，而且现在这只手因为愤怒正在不停地颤抖着。

泡椒绑完鞋带后便大步走开，很明显对于他来说事情都显得更简单，他可以翻过这页，假装什么都没发生，而拉布做不到，也许他以后也做不到，伤口一直在那里。

你要把那些伤痛存放在哪里呢？

拉布转过头去，面向后方的墙，不让队友们看到自己湿润的眼睛。他把眼睛闭上，觉得眼泪马上就要涌出来了，当他再次睁开眼的时候，自己又一次坐在了小船里，小船依然像之前那样在下沉。拉布环顾四周，不知道身在何方。跟上次一样，水位在渐渐上升，逐渐漫过他的鞋子，湖水寒冷如冰。小船里放着一个篮子，但拉布可没打算用它，有什么用呢？水还是会继续灌进来的，拉布找不到裂缝在哪里，他索性坐下来，看着水位逐渐漫到小腿的位置，全身冷得直发抖。突然间他看到有一个身影闪过，很远很远，在岸上靠近湖边的位置，有个人也在看着拉布，那个人的身影很熟悉。

"泡椒……"拉布小声说道。

"水很凉。"

拉布转过身，看见身后的巫兹纳德也坐在这艘旧船上。

"对啊。"拉布轻轻地说。

"我觉得应该没关系吧。不知怎的，我倒是不认为你打算游过去。"

第四章 魔球　CHAPTER FOUR: THE ORB

"湖岸离这里太远了。"拉布咕哝道。

巫兹纳德说:"是你创造的这片湖,还有这艘船和裂缝,是你一手造成的。"

拉布低头盯着湖水发呆,答案很明显了,但似乎又摸不着太多头绪。

"我现在有一点点明白是怎么回事了,但我没有选择,妈妈死的时候,我就被扔在这条船上,从那以后我试着挽救自己,我一直在上学,或者来球馆练球,我已经很努力在做了。"

"那就太奇怪了。"巫兹纳德说,"一开始你就是对格拉纳最抗拒的人,表现得最愤怒,而你的伤痛又恰好埋在最深的角落里,你所做的只是不断地回想起它,一遍又一遍地创造出这个虚拟的世界。"巫兹纳德的眼神在拉布脸上打量着:"感觉怎么样?为什么你要放弃呢?"

"太沉重了。"拉布小声地说,"感觉实在太沉重了。"

"所以就把船沉了。"巫兹纳德说着点点头:"这可不会更容易。"

"什么不会更容易?"

"你要走的路,只会更难,比之前的选择要难得多。"

拉布自嘲地说:"难道这时候不应该鼓励鼓励我吗?"

巫兹纳德探过身来,目光炯炯有神,说:"不用,我现在告诉你的是怎么找到裂缝。"

"怎么找?"

"先找到隐秘之地。"

湖水消失,拉布又回到了板凳席,队员依然在他周围,弗雷迪和巫兹纳德正互相看着对方,手紧紧地握在一起。拉布皱着眉头,他没注意到弗雷迪进来。

"巫兹纳德将继续担任球队主教练。"弗雷迪的声音不大,他把巫兹纳德的手放开后,自己还有些轻微发抖,"我……我非常期待新赛季的到来。"

弗雷迪没有说别的话,就离开了球馆,走进清晨的阳光里。

"开除的事就到此为止。"维恩小声嘀咕道。

巫兹纳德面向所有人:"今天主要练习防守,但在教大家站位、防守策略之前,必须先告诉大家,如何成为一名防守者。这两堂课不是一回事。"

突然,有什么东西在刮墙,训练被打断,也让拉布手臂上的汗毛瞬间竖了起来。

"防守者必须具备怎样的素质"?"巫兹纳德问道。

拉布几乎没有听,他幻想有什么东西会从墙里面朝他们冲过来。拉布有些紧张地看了看四周,随时准备要逃跑。在那一刻,静谧的湖水,泡椒和其他看到的事都暂时被遗忘了。如果这是格拉纳带来的……难道又是拉布创造出来的东西?他试着想点美好的事,比如球迷在场边呐喊助威,但是刮擦声还是没有停下来,感觉越来越糟糕,拉布始终不明白这是怎么一回事。

巫兹纳德突然转过身来看着拉布说:"你想不想看点别的?"

拉布张大嘴,看了看周围,发现又只有他自己:"想啊。"

球馆渐渐消失在黑暗里,拉布发现自己正站在一座高耸入云的大山脚下。空气中飘来海水的咸味,与松树的清香混杂在一起。拉布慢慢转过身,睁大了眼睛,看到一片坡的下方坐落着一座城堡,他想起那首歌里其他的歌词。这个地方有沙滩和白雪,拉布仿佛能听到远处传来她的歌声。

第四章 魔球 | CHAPTER FOUR: THE ORB

"格拉纳王国。"拉布悄声说。

"记住了,在德伦,格拉纳王国只存在于书籍和歌曲里。"巫兹纳德说着走上来,站在拉布的身边,"最后一群巫兹纳德的家乡。"

拉布瞥了一眼巫兹纳德说:"所以巫兹纳德不是你的名字——而是你们的统一称呼。"

"没错,但是在德伦,巫兹纳德被封禁很长时间了。"

"为什么呢?"

"因为格拉纳能量。"

巫兹纳德打了个响指,他和拉布突然站在一个洞穴里。高温让拉布的脸颊很难受,岩浆从他们的身边流过。拉布之前只在书里看到过火山的图片,他从来没亲眼看到过石头会被熔解成这样,暗红色和橙色混杂,火焰像水一样流动着。

"这是哪里……"

"格拉纳跟我们的情绪、感受和品行都有关联,它有能力做出最大的改变,它可以像水一样冲破一切,像石头一样建造万物。我们每个人都有格拉纳,大家都有一样的潜力。"

"所以……德伦不想要格拉纳存在吗?"拉布猜测道。

"他们不想,许多国家也不想,你们的政府禁止谈论一切关于格拉纳的事。在你出生以前,塔林总统驱逐了巫兹纳德们,在整个国家搜查他们,限制他们的自由。但是他并不了解格拉纳,我问你:如果你想把这些岩浆移走,改变它们的流向,你会怎么做?"

拉布看着岩浆,感受到一股炙热在脸上烤得生疼。他看了看周围,找寻着灵感。洞穴很大,里面的顶呈拱形,钟乳石像锯齿一般垂下来,零星的大石头和岩石靠着陡峭的墙壁堆放着,除此以外这里没有多余的东西。

拉布试着思考,他肯定不能触碰那些岩浆,不管怎么样,他也不能礼貌地请岩浆流向别的地方。但是,如果他把那些石头堆在一起,创造出一条路径来,很可能就够了,尽管这项繁重的工作会花费他大量的时间。

"做得好!"巫兹纳德说道,就好像拉布已经把一连串的想法大声说出来一样,"这是唯一的办法,通过把能量引导到你想要它去的地方,你必须一步一步地搭起这条路径,如果你留下些许缝隙,岩浆就会流走。如果半途而废,你就达不成这个目标。"

拉布皱起眉头:"所以格拉纳……时刻在流动,你需要给它找到方向?"

"没错,一步一步地努力,只有在你把情感世界经营得毫无裂缝的时候,格拉纳才会正确地流动。"

"我的裂缝是什么?"

"恐惧,至于恐惧什么,就必须由你自己去发现。"

拉布的目光穿过流动的岩浆往外看,思考着什么:"塔林总统知道你在德伦吗?"

巫兹纳德冷笑一声:"还不知道呢。"

说完,球馆又回来了,拉布正好看到一只巨大的老虎从更衣室里走出来,他惊讶地差点摔倒,但是老虎只是从他身边走过,随即坐了下来。

"来见见卡罗吧,感谢她今天自愿来帮我们。"

老虎抬起头看着这群人,几乎像帝王一样扬起下巴。

"谁变出这家伙的?"拉布害怕地想着。

没有人变出来，我只是把一个朋友带来而已。

"雨神，往前走一步。"巫兹纳德大声说道。

雨神没有动，他不断地在巫兹纳德、老虎和大门之间来回看。拉布几乎要相信雨神会直接走出门去，但出乎他意料，雨神慢慢地往前迈了一小步。

"你确定？"拉布咕哝道。

巫兹纳德把一颗球滚到中场的位置。

巫兹纳德说："训练内容很简单，把球拿起来，老虎卡罗防守。我们一个一个轮流来。我想让每个人都看好了，把看到的一切都好好记下来。"

拉布难以置信地看着巫兹纳德，他们难道要去接近这只老虎？卡罗起身开始走动，伸出巨爪狠狠地拍打木地板，爪子看起来像剃刀一样锋利。拉布瞥了一眼他的哥哥泡椒，尽管拉布还生气，但他可不想看到泡椒被一只老虎给吃了。拉布想了解泡椒是否也知道罗拉比是一名巫兹纳德，而且被禁止出现在德伦。

这个想法随即带来一些疑问：如果巫兹纳德被禁止出现在这里，为什么他要回来在狼獾队做一个教练呢？为什么一个巫兹纳德要来执教他们，是暂时性的？如果被塔林总统发现，他会怎么处理呢？

"第一个进攻得分的人，就能把自己的手赢回来。"巫兹纳德说道。

这句话引起了拉布的注意，他问道："你的意思是其他人的手都拿不回来了？"

你有为它努力过吗？

"好吧，我出生时就带着它了。"拉布愤愤地想着。

所以，得来毫不费劲。

雨神犹豫了会儿，不情不愿地往前迈了几步，他假装要走左边，然后立马朝右边走，沉下肩膀，速度极快，足以使百分之九十九的防守者被摆脱在后面。但是卡罗不为所动，她一掌直接拍在雨神的胸上，把他按倒在地。雨神不敢相信地盯着卡罗露出恐怖又尖锐的獠牙。

"我们该怎么办？"阿墙小声地说。

"准备好尖叫，然后逃跑吧。"维恩说道。

卡罗舔了舔雨神的脸，然后从他身上走了下来。

"该德文了。"巫兹纳德叫道。

德文的表现并没有比雨神好多少。拉布是第五个上去挑战的球员，他往前走了几步，看起来毫不犹豫，他现在不想让自己看起来是个懦夫。泡椒之前上去过，直接被撞飞了——拉布简直要笑死了——接下来如果拉布不敢尝试的话，泡椒肯定要揪住这个把柄好好说一说。卡罗紧跟拉布的步伐，并朝他咧嘴笑了笑，拉布明显感觉她在嘲笑自己。

"这个训练的意义又是什么？"拉布问道。

"有很多意义。"巫兹纳德回答，"我猜对不同的人来说，意义也会不一样。"

"这真是一个多此一举的问题。"

"所以你才会得到一个多此一举的答案。"巫兹纳德微笑。

拉布连续做了两个假动作：假意向左，然后向右，接着又向左，把重心降低，让自己的身体显得更小一些，但并没什么用。

还没等他反应过来,卡罗早就一掌按在他的胸膛,把他牢牢地钉在地板上,她的血盆大口呼出的气正对着拉布,温热黏腻。然后卡罗用她那粗糙带有肉刺的舌头舔舐着拉布的脸颊,随即走了开来,等待下一个上来挑战的球员。泡椒在一旁放肆地大笑。

"好像你做得更好似的。"拉布爬起身来说道。

"我确实更好,而且,我也没有像树叶颤抖不已。"泡椒说。

"树叶才不会颤抖呢。"

"这就是一个常见的表达方式罢了。"

"你才是一种常见的表达方式。"拉布说道,这句话不是很通顺,但是他在气头上也就无所谓了。

"成熟点吧。"泡椒说着揉了揉自己的眼睛。

拉布非常反感泡椒说这句话——就好像他年纪很大,很成熟似的。

"为什么……那样我就可以成为像你一样的失败者吗?"

"我可是实打实地比你大一岁。"泡椒说。

"但球技却远逊三岁。"拉布的话冲出口。

泡椒转过身去,拉布有点沮丧地叹了口气,他并没感到多么开心。

在所有人都尝试过后——除了壮翰,他拒绝上场,还动手打了竹竿,和几乎半个队的球员缠斗在一起,接着和巫兹纳德吵了一架,跑到更衣室里去了——卡罗悠闲地走到巫兹纳德的身边坐下。

"虽然没人进攻成功。"巫兹纳德说着,亲切地拍了拍卡罗,"但你们都展示出了真正的勇气。这是个不错的开端。"

"太棒了!"阿墙哭了出来。

拉布的右手一阵刺痛，消失的手回来了，他把手紧抱在怀里。

勇气总能带来回报。

拉布生气地看着巫兹纳德，心里想："我不需要勇气，我只是想要忘记。"

所以你选择变得软弱。

拉布思考着这句话的意思，某种程度上，它在拉布的心中产生了一些共鸣。难道是他选择变得软弱吗？如果是这样，为什么在他觉得软弱的时候，自己会如此惊讶呢？

一阵寒流突然充斥拉布的全身，他还从来没有过这么冷的感受，鸡皮疙瘩布满他的手臂，像一颗新球上的纹路一样。

"那是什么？"杰罗姆突然发问道，手指颤抖地指向远处。

拉布随着他的目光看去，一颗魔球正悬浮在中场上方，他马上就明白了，寒流的源头原来在这里。魔球如太空一样漆黑，在半空中翻动着。不知怎么回事，拉布觉得那颗魔球有一些问题，很熟悉的感觉。

"啊，正是时候。"巫兹纳德转身看向那颗魔球。

"那……那是什么？"泡椒目瞪口呆地说。

巫兹纳德说："这是个你们想要抓住的东西，不，这是你们必须抓住的东西。我们可以称呼它为试炼之球，谁抓住了它，就能成为更好的球员。但它不会一直持续在这儿。如果没人抓得住，大家就跑圈。"巫兹纳德点了点头。"开始！"

巫兹纳德的声音像发令枪一样响彻整个球馆。拉布来不及细想，人就已经启动，加入追逐的人群中。他感觉像被一根绳子拉

第四章 魔球 | CHAPTER FOUR: THE ORB

着走似的——但不是被别人拉着走。是拉布自己想要这么做,是内心深处的想法,那颗黑球有着某种令人着迷的力量。

但是魔球可没那么容易被抓住。

它到处飞,无法被抓到,像乒乓球一样在球员之间弹来弹去。拉布猛地扑了上去,但是一把扑空,他也不确定自己是该失望还是该轻松。似乎每个人都沉浸在追逐的紧张氛围中,大家上蹿下跳的,不时撞在一起。拉布难以置信地看着魔球在每一个人的手里从容逃脱,怎么也抓不到——至少对他们来说是的。

魔球左躲右闪,飘到了离卡罗很近的位置,只见她像喷泉爆发一样突然冲到空中,一口把魔球吞了下去,随后又坐回到刚刚的位置上,对球员们龇牙笑了笑。

"这才是好防守。"巫兹纳德说道,"喝点儿水,然后跑圈,罚球。"

球馆里顿时怨声载道。

拉布感到有点想吐,为什么他会跑去追那颗球呢?这件事有点不对劲——很不对劲,然而他还是义无反顾地跑去追球了,像只猎犬一样。拉布叹了口气,坐到板凳上。

短暂休息过后,拉布觉得好了一些,全队再次开始训练,攀登陡坡,拾级而上,翻下山谷。当竹竿终于罚中球时,他们足足跑了45圈,拉布已经累得全身湿透了。拉布在看到那艘正在下沉的小船后,他又错失了自己的投篮。

"这才刚刚开始。"巫兹纳德对着卡罗说道。

"刚开始?我都要晕倒了。"拉布甩着头,像一只被淋湿了的小狗。

"明天我们练习集体防守,今晚大家好好休息。"巫兹纳德说。

边说着话，巫兹纳德边和卡罗一起走向大门的方向。

泡椒问道："你……你要把老虎带走？"

大门突然被打开，刮进来一阵刺骨的寒风，随即巫兹纳德和卡罗快步走到外面。

拉布扑通一声坐到凳子上，揉了揉他的大腿，他今天累坏了，不过可不是只有他是这种感觉。壮翰拿毛巾拍着脸，似乎连话都说不出来。

泡椒说："今天我们可是和老虎一起训练了。"

短暂沉默过后，杰罗姆第一个笑了起来，笑声很快感染了一个又一个人，全队都在欢乐的海洋里，尽管拉布原则上拒绝加入其中。

训练已经结束，拉布再次想起泡椒之前说的气话，他有点伤心。难道他不应该这样沉溺过去吗？拉布生气的是泡椒可以忘记过去。为什么只有拉布是那个伤心难过的人？这不公平，他们家没有人应该开心起来，凭什么泡椒可以这么开心。不过……拉布当然希望泡椒和爸爸能开心一些，真是矛盾，令人感到困惑。拉布不知道自己会不会感到内疚——不管他的家人永远开心，还是永远痛苦。

"来段说唱吧，泡椒。"杰罗姆说道。

泡椒开始唱一些之前没听过的歌词，拉布则快速把湿的衣服换下，朝门走去。两人一起打篮球的8年来，这是第一次拉布没有和泡椒一起走。拉布把门推开时，回头看了一眼，泡椒看起来有些失望，有那么一刻，拉布想过要停下来等他。

但拉布随即想到，泡椒曾经对自己一直这么伤心感到很生气，对自己沉溺于过去感到很愤怒。如果泡椒选择忘记，如果泡椒想要假装生活一切都很好，他就一个人这么干下去吧。

　　拉布眯起眼睛，然后走了出去，破旧的大门在他身后猛地关上。

⑤ 巨婴兄弟

每个怨恨都是一个新的包袱，
你必须拖着它前行。

◆ 巫兹纳德箴言 ◆

第五章 巨婴兄弟 | CHAPTER FIVE: BABY BROTHER

第二天早上,在去费尔伍德球馆的途中,拉布和泡椒始终都保持着一定的距离,他俩昨天整个晚上都没有说话,特别是当两个人同住一间房,在同一张桌子上吃晚饭,一起看只有4个频道,而且分辨率不太好的电视时,不说话确实有些困难……取而代之的是两个人互相瞪眼,小声抱怨,然后便陷入尴尬的沉默中。

连续4个晚上,拉布几乎整夜都没怎么睡。之前他经常做噩梦,但现在的情况更糟了——从拉布看到她开始。那次和妈妈在球馆的见面,比看到泡椒放在壁炉上妈妈的照片来得更难受,每次拉布走过的时候,都故意不去看它。

在那次见面中,拉布本可以摸摸她,跟她说几句话,然而他并没有找到机会,这让他心烦意乱。拉布想过和泡椒聊聊,但是他实在太生气了,他的哥哥泡椒本应该站在他这一边。拉布也没有告诉爸爸,因为爸爸是如此忙碌,如此劳累,拉布不想给爸爸添麻烦。所以拉布依然是一个人默默承受,这并不新鲜,即使和别人在一起,他依然感到很孤独。

泡椒早上起床的时候没有叫拉布,他差点训练就迟到了。拉布没有时间刷牙，他觉得嘴里像含着棉球一样，散发出昨晚浓烈的意大利面的味道。泡椒也没有给拉布打包，所以拉布没带水瓶，没带毛巾，也没带燕麦能量棒，他的背包闻起来跟大热天的费尔伍德球馆一样臭。泡椒走在拉布前面，大步走进球馆，让大门直接弹回来撞在拉布的脸上。"太不成熟了。"拉布愤愤地想着。

拉布跟着泡椒走了进去，突然整个人愣住，泡椒不在球馆里，没有一个人在。整个球馆空空如也，好吧，除了一座巨大的城堡之外。

"拉布，篮球对你来说意味着什么？"一个熟悉的声音问道。

拉布吓得跳了起来，足有1英尺（约0.3米）高，他转过身，发现巫兹纳德正靠墙站着。拉布有些生气，他又累又难受，他认为巫兹纳德就是这一切的罪魁祸首。

"你在说什么啊？"拉布嘀咕道，"我的哥哥跑哪去了？"

"篮球对你来说意味着什么？"

拉布揉了揉眼睛说："我们能不能不要再问这些愚蠢的问题了？"

"如果你退出训练，就不会再听到了。"

拉布瞪着巫兹纳德："刚刚那个问题是什么来着？"

"为什么你要打篮球？"

"我不知道"，拉布说，脸上有些不自然，"我喜欢篮球。"

"为什么？"

拉布心里的怒火渐旺："我就是喜欢，你想从我这里得到怎么样的答案？"

"真实的答案。"

拉布试着思考，为什么他要打篮球呢？他真的知道答案吗？

第五章 巨婴兄弟 | CHAPTER FIVE: BABY BROTHER

肯定不只是因为泡椒打篮球,所以他就打篮球。不管泡椒打不打,他自己都会打篮球的。甚至也不是因为他认为打篮球是自己离开波堕姆的通行证。他内心知道,机会从来就不大。

"我打篮球是因为……在这里我感觉更好。"

巫兹纳德点点头说:"什么让你感觉更好?"

"自由。"拉布小声说道,看着球场,"也许是觉得更明亮吧,我不知道。"

就算是拉布也不知道自己的话到底什么意思,但是巫兹纳德似乎能明白。

"就是这么一个地方,我们可以把黑暗留在门外。"巫兹纳德缓慢地说出。

"这很重要……以后再说吧?"

"以后可以再说,但现在也很重要。为什么我们要把黑暗留在门外呢?当我们结束的时候,还是会在门口等着我们。为什么不干脆把黑暗彻底消除,然后再安心地来去?"

拉布回身说:"我的哥哥去哪了?"

"看起来他正在穿鞋。"

拉布注意到泡椒正坐在板凳上,和雷吉与竹竿一起,之前他们可没在那儿。

"有些时候,你只能和黑暗共存。"拉布轻声说。

"命运是你自己选的。"

拉布摇了摇头,走到大家身边。泡椒抬起头,显然他想问拉布一些事情,但是他好像记起来两个人正在冷战,于是泡椒转身走了。拉布默默地把球鞋穿上,琢磨着自己的答案。打篮球的时候他真的感到更明亮吗?他之前从来没有想过。但这是真的:他需要动起来，跑起来，他需要有一个目标，在追逐的路上感受自由的力量，他需要成为团队的一员，而不只是伤透了心的贾维·华瑞兹。

当所有人都到齐后，他们聚集到城堡前面。

"今天我们来练习集体防守。"巫兹纳德说道。

巫兹纳德拿起背包，快速地把它整个儿颠倒过来，朝下抖了抖，一堆红色和蓝色的装备掉到木地板上：头盔和防护垫混在一起。

"大家请一人拿一个吧。"巫兹纳德指了指那些装备说。

拉布故意等到泡椒挑了一个蓝色的头盔后，自己立马拿起一个红色的头盔。他不确定训练的内容具体是什么，但他感觉也许是一个可以痛揍泡椒的好机会。拉布捡起一个配套的防护垫，满意地看着他的队友们，这支队占据了巨大的优势。他们有雷吉和维恩，还加上两个大个子：大块头阿墙和肌肉男德文。

巫兹纳德说："游戏很简单，一支队伍向城堡进攻，另一支防守。哪支队伍用最短的时间拿到奖杯，哪支球队就算获胜。输掉的一方跑圈，赢的一方练习投篮。"

"所以……就是……我们就是用垫子互相推就行了？"拉布问道，"有可能并不是最强壮的那队获得胜利，对吧？"

巫兹纳德点点头说："这是一个好问题，你们有两分钟时间制订计划。"

在板凳席附近，拉布和红队的队友们围成一圈，他回头看了眼城堡，迫不及待地想要比赛快些开始，今天的训练内容是他最喜欢的一个，尽管他们都还没有发起进攻。泡椒最喜欢的书籍总是关于动物的，而拉布则喜爱的是奇幻和冒险故事，关于骑士、

第五章 巨婴兄弟 | CHAPTER FIVE: BABY BROTHER

战争和英雄……他以前把这类书看了一遍又一遍。她过去常常给拉布读这些书,现在他基本已经不看了。不过,拉布仍然还在床下藏了部分书籍——这是他在家里唯一可以藏私人物品的地方。除了书籍外,拉布在这里还保留了三样东西:一张照片、一瓶所剩无几的香水,还有一条鞋带。

拉布盯着城堡发呆,对于作战计划大概就听了一半。泡椒还记得那天吧?这不重要了,这次两人的争吵完全是泡椒的错,是他找拉布的麻烦,是他说拉布"爱发牢骚"。

"德文带头,我们所有人一路推到底,把奖杯收入囊中。"雷吉总结道。

"狠狠地教训下我哥。"拉布激动地说。

他第一个伸出手来要鼓励大家——这不像他的做法:"数到三,红队,一、二、三……红队!"

全队都把手举起来,和拉布一起大喊。

"开始!"巫兹纳德说。

伴随着巫兹纳德的口令,众人脚下似乎有什么东西被触发了,剧烈的震动响彻整个球馆。拉布惊讶地看着城堡周围的地板下陷,变成一条壕沟,水从四面八方涌进来,壕沟的水一直漫到城堡的底部。一条条狭长的木板横亘在水面上,木板通向每一条坡道。城堡的材质也从光滑的橡胶变成了坚硬的石头,一些旗子插在围墙上迎风飘扬。

拉布低头一看,发现自己俨然变得像一名真正的骑士,发亮的银甲,镶上一些红色装饰。手里的垫子也变成更厚的皮革材质,顶上还有狼獾队的标志。

那一刻,之前发生的所有事情都被拉布忘记了,他得意地笑了笑。

"进攻!"拉布大喊,像一个中世纪的指挥官那样举起拳头。

拉布本想进攻他哥哥泡椒守的那条坡道,但是被维恩抢先了,所以拉布只能绕着城堡找别的机会,他看见竹竿独自守着一条坡道,竹竿左顾右盼,看起来有些慌张,真是一个完美的目标。拉布迅速冲向了竹竿,两个人的皮革垫猛烈地撞击在一起。

拉布之前没注意到雷吉跟着他,但很快他就感到后背上传来一股力,另一块垫子从后面挤压在他身上。竹竿吃力地抖了一下,在坡道中被逼得向后退。

"他要完蛋了。"雷吉哼了一声。

"缴枪不杀!"拉布说道。

但就在他们快要突破这条坡道,抵达上面那层的时候,雨神突然冲出来帮助竹竿,凭借更高的地势把拉布他们再次往下推,拉布咬紧牙关。

他们突袭失败了!

"先告辞。"雷吉说完,一溜烟得跑到另外一条坡道去了。

"继续努力啊,竹竿!"雨神喊道,随即退回到城堡里面。

趁着竹竿分神的档口,拉布抓住机会又往前推了一些距离:"放弃吧,竹竿!"

"你放弃吧!"竹竿反驳。

"你阻挡不了我的,你个火柴人。"

竹竿勉强支撑着,目光顺着垫子顶上看向拉布说:"我……很……轻松……"

"你听起来累了。"拉布直截了当地说,尽管他自己的双腿也已经非常酸胀了。

第五章 巨婴兄弟 | CHAPTER FIVE: BABY BROTHER

"没有。"竹竿逞强。

现在拉布知道自己可能无法通过这里——竹竿和自己的力量相持不下，但没关系——还有其他的点可以进攻。于是拉布突然放弃，迂回到桥上，他发现德文已经把杰罗姆逼到很上面了，阿墙也跑来帮德文。拉布笑笑，看来蓝队要完蛋了。

拉布随即加入他们的进攻，从后面用垫子推德文的背，杰罗姆直接被一把推飞。德文、拉布和阿墙冲入城堡，雨神出现在他们的面前，严阵以待。

"来帮忙！"雨神喊道。

3个大男孩立马开始进攻，雨神很快也和杰罗姆的命运一样。拉布和众人一起冲上最后的坡道，德文用一只手把花岗岩材质的奖杯举起，像夺冠一样欢呼雀跃。

"红队！"拉布喊道。

他非常开心地看着泡椒，泡椒也在下面抬头看向他们，眼神中要冒出火来。

"1分47秒。"巫兹纳德说道，"蓝队，该你们进攻了，你们有两分钟准备时间。"

就在蓝队聚在一起商量进攻计划的时候，拉布的队伍也围在一起讨论。拉布抬头看了看城堡里的高塔，他们队要怎么做，才能避免发生像刚刚那样的事呢？

拉布提议："我们需要制订计划。"

维恩点点头："很难防守。拉布，你和雷吉……"

"不。"雷吉突然说道，大笑起来。

"什么事这么可笑？"维恩问。

"其实很简单，其他坡道就是用来分散对手注意力的。"雷吉回答。

拉布皱了皱眉头:"你说什么呢?"

"我们的任务就是保护奖杯,所以只需要守住最后一条坡道。"雷吉说。

"有道理。"拉布高兴地吹起了口哨,他看着那座奖杯,雷吉是对的——通向那座奖杯只有一条路,就是最后的那条坡道。如果他们就守着那条坡道,在那里迎击来的人,蓝队就不可能抢到奖杯。众人在最后的坡道前站成一条线,拉布发现自己正站在德文的身后,德文就像是一个冷酷的哨兵守卫着入口。众人等待着对方的进攻,拉布觉得自己全身像打了鸡血,他已经快忘记上一次自己这么亢奋是什么时候了。那是很久以前的事,但是回忆还没有消散,是快乐的回忆。小时候的假期总是让人激动,周末的时候拉布的爸爸妈妈往往会有一天休息,全家人会一起打牌,一起筹备晚饭大吃一顿,爸爸甚至还会陪他们一起,坐下来看几小时的电视。

拉布突然想到,他有很久没有感到这么兴奋了,这个想法让他不安。

"开始!"巫兹纳德说道。

拉布听到对方的叫喊声,还有下方坡道传来沉重的脚步声,他立马抖擞起精神,双腿贯劲,等待着蓝队从底下冲上来。只见雨神冲在最前面,其他人也相继从拐角处冲了上来,接着他们突然停下脚步,意识到拉布这队的策略是什么。

"推!"雨神吼道。

蓝队发起了冲锋,但是他们无法往上更进一步——特别是要对抗德文。拉布抵住德文的背,双脚扎马步,双手用力撑住。两

第五章 巨婴兄弟 | CHAPTER FIVE: BABY BROTHER

队在开始的一分钟内互不相让，每个人都拼尽全力，大喊着：

"你们快要不行了！"

"加油——推啊！"

"没用的！"

最终，前方的推力突然减轻了一些，随着拉布的肌肉放松下来，他的整个人也感觉更轻松一些。进攻的一队有点疲乏了，德文明显感觉得到，没有任何预兆，他猛地往前冲，用尽身上所有的力气，蓝队的球员一下被全部推翻在地，一个压着一个。

"时间到，红队胜利。"巫兹纳德说道。

红队再次聚在一起庆祝起来。拉布试着用一只手把奖杯举起，但他发现实在太重了，于是把皮革垫放下，用双手把奖杯举起来。奖杯被高举过头顶，拉布死命摇晃着，庆祝着，大笑着，然后注意到泡椒正在下方看着自己，他的哥哥似乎快要哭了。

拉布把奖杯放下，突然感到有些内疚，把奖杯交给了雷吉。泡椒开始朝板凳席的方向走着，步履缓慢，感觉挺受挫的样子，拉布还从来没看到过泡椒这么沮丧。

"红队可以拿球练习投篮了。"巫兹纳德说，"蓝队，跑圈。"

赢得比赛的红队离开了城堡，把头盔和垫子脱在一旁。拉布试图引起泡椒的注意，但泡椒连看都不看他，拉布有点生气，所以现在轮到泡椒心烦不安了？拉布觉得这根本无法理解，泡椒在伤心什么——只是输了一次训练课？那还好，应该不算真正的悲伤吧？

当拉布投篮的时候，这个问题还在困扰着他，但是他还是很高兴，能看到泡椒与蓝队队员们一圈又一圈地跑。差不多跑了一小时，才终于有人投进了一记罚球。

最后，两队的人都回到板凳席喝水。拉布今天没带水瓶，所以他看起来快渴死了。拉布瞥了一眼泡椒，他的眼睛直勾勾地盯着球鞋。尽管自己可能帮不上忙，但拉布想知道为什么泡椒看起来这么不安，为什么他把这次失败看得这么重？这甚至不算是一场正式的篮球比赛。泡椒看起来仍然像快哭的样子。

巫兹纳德走到城堡旁边，从城堡的一侧取下一个小盖子。随着气体开始抽离，整座建筑物随之崩塌。拉布甚至都不觉得惊讶了。

"防守球员必须时刻做到哪一点？"巫兹纳德面向全队问道。

"时刻做好准备。"雷吉回答。

"其他球员也是一样。如果没做好准备，我们就是在浪费时间。"

巫兹纳德朝大门走去，他应该在某个时间，已经把那些头盔和垫子收回背包了，尽管拉布没有看到他做了这些事。拉布想知道，巫兹纳德是否每天晚上都会回到格拉纳王国。

"今天训练结束了吗？"泡椒问道。

"取决于你。"巫兹纳德回答。

话音刚落，巫兹纳德走出门，大门在他身后重重地关上，那颗魔球同时出现在场地中央上方的位置。拉布又一次感到手臂上起满了鸡皮疙瘩。

球馆里一阵沉默，没有一个人动。

"我们该怎么办？"泡椒小声地说。

阿墙说："巫兹纳德说过，我们得抓住它，他说如果能抓到魔球，我们就能成为更好的篮球手。还记得吗？"

这个理由显然打动了竹竿，他开始去追那颗魔球，其他人也

第五章 巨婴兄弟 | CHAPTER FIVE: BABY BROTHER

参与进来——拉布落到了最后。又一次，拉布被夹在两种感觉之间，一方面是他对魔球的恐惧，另一方面则是一种莫名其妙的渴望，驱使着他去追那颗球，挣扎片刻，渴望占据了上风。不过并没什么用，魔球的速度实在太快，就像在追手电筒照出的光影一样。不一会，拉布和泡椒居然撞在一起，屁股磕得瘀青，两人怒目而视。最后，魔球飞到一堵墙里，随即消失不见，拉布叹了口气。

大家注定都抓不到那个东西了。

"还想打分组对抗吗？"泡椒问。

雨神闷闷不乐地说："不打了，我们走吧。"

每个人都朝着板凳的方向走去，拉布坐了下来，全身没有力气。但是突然响起一些争吵声——是雨神和雷吉，真想不到，起因是雨神在今天的训练中很不开心。

雨神厉声说："那游戏太蠢了。拦住球才叫好防守。得分才能赢球。"雨神站起身来，摇着头，非常生气地说，"靠我得分才能赢球。如果我不训练投篮，我们根本摸不着胜利。今年对我来说非常重要。"

"你应该说，对我们非常重要。"拉布说道。

雨神朝大门口走去："没错。雨神·亚当斯，和他的西波堕姆狼獾队。"

大门重重地摔上，拉布摇摇头，雨神太自负了，总是在谈论他的队伍、他的进攻能力。如果拉布能得到机会，他也能得到差不多的分数。但当他看到泡椒悄无声息地走出门，这种想法就消散了，拉布的火气上来。

他快速换下身上的衣服，跑出去追泡椒。

"你想怎么样？"泡椒生气地说。

"为什么你要这么沮丧呢？我记得你说过不要这样？"拉布的声音差点破音，他感觉喉咙好像有一个小球卡着，眼睛红红的。他的哥哥泡椒应该能理解他才对。

泡椒说："这不一样，你已经持续难过了3年。"

三年，不可能吧，但似乎确实是这样。

"你觉得是什么原因呢，天才哥哥？"

"我也失去了妈妈，她也是我的妈妈。"

拉布握紧了拳头，为什么泡椒非得说这个？他知道这个词对拉布的伤害有多大，他现在就是在伤害着拉布，挖出拉布内心的痛，捅上一刀，再旋转拉扯。泪水在拉布的眼中打转——愤怒、内疚和背叛的感觉混杂在眼泪里。

拉布释放出内心深埋的回忆，再一次深深地伤害了自己。

"你早就翻过这页了，你关心的只有篮球……"拉布冷酷地说。

拉布的话还没说完，泡椒冲上来狠狠地推了他一把。拉布往后退了几步，差一点就摔在地上。缓了口气，他直直地冲向泡椒还击，两个人扭打在一起，摔在人行道上，泡椒的身体承受了大部分的撞击。当拉布狠狠地挤压泡椒的身体时，拉布觉得氧气正从泡椒的身体里抽离一样。但泡椒很强壮，一会儿两人就开始翻滚撕扯。拉布闻到了一阵酸腐味，有什么东西戳到他的背上，但是他不在乎。拉布已经打疯了，用力拳打脚踢对方。泡椒抓住拉布，一只手锁住他的脖子。

"放开我！"拉布喊道。

拉布好不容易从泡椒的手臂中挣脱出来，滚了一圈，但是泡

第五章 巨婴兄弟 | CHAPTER FIVE: BABY BROTHER

椒的动作更快,他又一次抓住拉布并把对方扑倒。拉布奋力挣扎着,但是泡椒牢牢地扣住拉布的手,拉布现在能做的只有扭动身体,徒劳挣扎罢了。

"我每天每分每秒都在想着她,如果你没有察觉到,只能说明你瞎了。"泡椒说道。

"快从我身上下来!"

"你有想过之所以我没有表现出来,全是因为你吗?"泡椒吼道,这个问题让拉布稍微安静了些,泡椒很少会这么激动,几乎控制不了自己的情绪说道,"也许是因为我不想让你或者爸爸回想起难过的事?你有用你的笨脑袋好好想想吗?我包办了所有的杂活,是不是为了让你能更轻松点?你想过这些吗?"

拉布瞪着泡椒,不再挣扎了,眼神中有些惊讶。

泡椒轻声说:"有些时候感觉我都活不下去了,好像我马上就会死一样。但是你都没注意到这些对吗?至少你还拥有希望,我可没有。"

拉布皱起眉头:"你到底在说什么……"

泡椒大吼道:"你的人生有的是机会!我却没有。我不得不变得坚强一些,看着所有人都在进步,除了我自己。"

泡椒站起身来,不再去管拉布,拉布依然躺在地上看着泡椒。他到底在说什么啊?机会指的是篮球方面吗?这跟发生的事有什么关系?而且为什么他说自己不能呼吸了?是太悲痛了?还是太焦虑了?这些理由都说不通啊。泡椒这么坚强,什么事都难不倒他,总是这样。但是拉布可以看到泡椒全身颤抖,眼泪流了出来,他说的是真话。

"我应该好好教训你,但是我做不到……因为她。"泡椒轻声地说。

泡椒突然跑开，拉布还躺在肮脏的人行道上，想着泡椒的话是什么意思。黄色的云在头顶上飘浮着，被烟尘污染，拉布看着天空中云卷云舒。泡椒感觉确实太痛苦了。

拉布从来都没注意到，也没去问，一点也不关心哥哥，随着怒气平息下来，拉布觉得很内疚。

"在这个地方打盹很奇怪。"雷吉走到拉布的旁边说。雷吉伸出手拉了拉布一把，上下打量着他。"你和泡椒打了一架？"雷吉挑高了眉毛问道。拉布点点头，赶紧转身往回家的方向走，表情很尴尬。"我也经常有一些日子会过得很糟，想到我爸妈就难受。"雷吉小声地说。

拉布停下脚步回头看向雷吉，他知道雷吉的双亲许多年前在一次意外中过世了，雷吉从小是由奶奶带大的。但之前雷吉从来没有和拉布说过这些。

"你这些年是怎么过来的？"拉布问。雷吉微笑，抬头看着那些黄色的云彩说："我会跟他们聊天，看着以前的照片，有时我想象他们就在另一个房间，我时常告诉自己，要让他们感到骄傲。"

拉布的眼睛噙满了泪水："想到他们的时候心里不会难受吗？"

"当然会，但忘记他们心里会更难受。"雷吉说。拉布看着雷吉，然后点了点头，转身又朝回家的路走去："或许你是对的。"

"拉布？""怎么了？"拉布转身。"不要和泡椒距离太远，你们应该团结在一起，我们都应该团结。"拉布的声音里露出了一丝警惕："为什么？"雷吉叹了口气，准备回家，走得是另一个方向："因为事情都会变的。"

拉布看着雷吉走远，想着他是否知道了什么。

6

暗流涌动

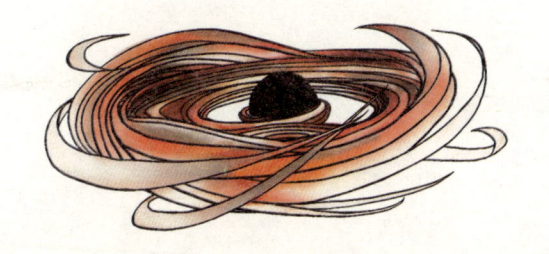

没人可以一步登天，

不积跬步，无以至千里。

◆ 巫兹纳德箴言 ◆

第六章 暗流涌动 | CHAPTER SIX: THE DARKNESS INSIDE

拉布将球举到肩膀的位置，往左突破，接一个右转身，随即在肘区附近拔起投篮，双腿舒展，脚的方向对着篮筐——身体直上直下。拉布知道，只要他能把球柔滑地拨出去，球就一定能进，果不其然，篮球唰的一下进了。

他等待着有人喝彩或者恭维几句，但是什么都没有，也是，他还是没和泡椒说话。拉布注意到在球场的另一侧，泡椒正在和竹竿与雷吉一起投篮。昨天拉布回到家后，考虑是不是要听从雷吉的建议，特别是在听到泡椒坦白说自己也很受伤之后。这让拉布想去给泡椒道歉，一起聊聊两个人的感受。但是只要拉布一看到泡椒，他就会想起之前的那次打斗，还有自己被按在地上的耻辱感。拉布想到原来泡椒一直都在他面前隐藏着自己的感受，并且表现得很坚强，这也使拉布觉得自己很软弱。拉布想到这些，决定还是什么都不说为好。今天早上，拉布自己从被窝里爬出来，自己整理背包，再一次和泡椒各走各地去训练。

拉布把球捡起，突然想到，他和泡椒要怎么才能和好呢？难道要两个人互相道歉，接受双方对妈妈不一样的哀悼方式？拉布叹了口气，又来了记转身投篮，真是无法接受这个想法。拉布正准备出手的时候，一个声音响起：

"大家都过来，把球放在一边。"

拉布手抖了一下，篮球从他手中飞出，偏得有点多，他瞥了巫兹纳德一眼，见他正站在中场的位置。拉布只好把篮球放到一边，走到队伍中间，不过他刻意和离泡椒、雨神站得远一点。拉布还记得雨神之前说了什么。这不奇怪，但雨神并没有真正走出来过，他以前说过：他和球队不能混为一谈。雨神太自以为是了，拉布厌倦了在他面前表现得第二好，这无法引起别人的注意。所以拉布只是在队列周围徘徊，心里难受，有点孤独，他发现泡椒也和自己一样。

"今天我们来练习进攻。"巫兹纳德说道。

"终于来了。"雨神得意地笑了笑。

拉布看了雨神一眼，雨神似乎没有因为昨天的事感到丝毫尴尬，或许大家应该让雨神自己一个人打球——不要再给他传球，抢篮板，或者给他挡拆。

"那样雨神就不再是明星了。"拉布幽幽地想。

为什么你要攀比呢？

拉布看着巫兹纳德，心里嘀咕："你什么意思？"

谁富有，谁更快，谁是最好的，你总是想到别人。

拉布皱起了眉头想："有人就是条件更好，又不是我的错。"

你没有时间感受别人的生活，过好你自己的生活才是真的。

拉布转过脸，他当然记得之前看过的那些视频片段，或许是对的，每个人都有自己的麻烦。拉布不想过别人的生活，他只想要自己的生活能好得过一些，开心一点。

那就认真过你自己的生活。

"伟大的传球手，都具备怎样的素质？"巫兹纳德问道。

"视野。"泡椒自信地说了出来。

"非常好，伟大的传球手需要动作迅速，反应敏捷，想法大胆。但最重要的，他们必须有好的视野，能看清当下发生的事，并预测接下来要发生的事，在场上他们必须清楚所有的情况。"

"所以说……我们要练习怎么看到更多东西……？"拉布不太理解。

巫兹纳德简明地说："没错，最好的训练方法，就是让自己什么都看不见。"

球馆的灯突然熄灭了。拉布什么都看不见，他闭上眼睛再睁开，没什么变化，然后他揉了揉眼睛，感觉自己的呼吸正变得急促起来。拉布从来就不喜欢黑暗，对他来说，黑暗意味着噩梦，还有那些不好的记忆。

豆大的汗珠从拉布的额头上流下，他感到气促胸闷，听到其他人很慌张地说着什么，拉布急忙转过身，仿佛漆黑的周围有无数个看不见的威胁存在。

"什么都看不清怎么能帮助我们训练视野？"拉布尖叫道。

声音逐渐消散在空气中，拉布感到温度越来越低，他的背上打了一哆嗦，很快地，他能听到的只有他自己急促的呼吸声。他伸开双手摸索着。

"泡椒？"拉布小声说。

"为了要成为一个巫兹纳德，需要在黑暗中待上一整天。"

拉布转向声音传来的方向："巫兹纳德，我在哪儿？快把灯打开！"

拉布的皮肤变热了，现在他的呼吸更困难了——呼吸又短又急促。

"我们的大脑可以定义黑暗里有什么，当我们什么都看不见时，我们会去想象周围的环境。"

"巫兹纳德……"

"我们中的许多人都会恐惧、怀疑，但如果我们能在黑暗中自由移动，如果我们能在黑暗中找到平静，再试着想一下，我们在有光的时候，将会做得更好。为什么你只看到了危险呢？"

拉布正在认真听，声音是从哪里传来的："我……我没有。"

"你有，如果你在黑暗中看到恐惧，在灯亮时恐惧也如影随形，它们会影响你的决定，使你害怕成为你想成为的人。"

"想成为什么样的人？"拉布厉声道。

"任何你想成为的人。"

拉布试着放松下来，强迫自己进行一些更深更慢的呼吸："我是不是在重蹈覆辙？"

"你把黑暗想得太过可怕，换种思路，想想有什么可以启发自己的。"

其他队友的声音又回来了，拉布听到泡椒和其他人正在找球。拉布犹豫了下，然后也跟着大家移动，慢慢地、小心翼翼地迈开步子。他把双手举在前面，不停地皱眉头，好像随时会撞到墙上。拉布有点想把自己蜷缩起来，躺在地板上，但是他又想到巫兹纳德说的话，所以他选择继续寻找。

"找到了！我刚刚踢到了！"竹竿喊道。

拉布听到篮球就在他的附近弹了几下。"我去追！"拉布顺着声音加快了脚步，蹲下身来，用手触摸到熟悉的橡胶纹理，说，"拿到了！"

"各就各位，在篮网下站好。"巫兹纳德说道。

这可不容易做到，拉布和队友们在篮下集合，努力想站成一排，防守的一方也叫了几声，"应该"已经站在中线那里，等待他们过来了。

"好的，我要来了。"泡椒说道。

"这儿！"雨神喊了一声，"下一个是谁？"

"这儿，传球！"拉布快步朝雨神声音的方向走去。

拉布徒劳地挥了挥手，就在这时篮球突然砸过来，撞到一个敏感部位，他惨叫一声，弯下腰大口呼吸，篮球在地板上弹第二下的时候，他抱住了。

"传高点儿。"拉布有点虚弱地说，"继续前进！"

他们的速度虽然不快，但好在没出什么乱子。拉布开始觉得这个训练也不太难，当他们行进到半场时，混乱爆发了。防守队就在那等着，试着截断传球。所有声音混杂在一起，连带着球鞋在地板上的摩擦声，拉布的方向感丢了。泡椒给拉布传了个球，他完全没接到，篮球掉落在地上，像逐渐减弱的鼓声一样在地板上弹开了。

"两队换边。"巫兹纳德说道。

拉布转过身，等待着替补队把球找到，再次开始训练。他在黑暗中逐渐感到自己没那么脆弱了，他可以听到队友的声音，可以感觉到,甚至闻到队友们的气味,拉布开始想象身边的场景,他可以感觉到阿墙在他身边走动,听到雨神发出指令,还有泡椒沉重的呼吸声,甚至还有竹竿啃指甲的声音。轮到替补队开始进攻,20秒后他们就丢球了。

"嗯……帮你们驱散一点黑暗吧。"巫兹纳德意味深长地说。

篮球变亮了,这是一种奇怪的、炽热的颜色,好像从里面烧起来一样。有人把它拿起来,拉布惊讶地看着篮球在球场上飘过去。

"太奇怪了,哥们儿准备好了吗?上吧!"泡椒说道。

发光的篮球非常不一样,拉布可以稳稳地接住球,不会再接到那些不好的传球,特别是用不恰当的部位去接,但是他们依然无法通过防守队的围堵。泡椒懊恼地大叫一声,他把球传到对面那队的队员手里去了。

"抢断了!"杰罗姆大声说。

"传得不错,泡椒。"拉布咕哝道。

严格来说,他们两个并没在对话,但确实在黑暗当中说话感觉简单一些。

泡椒有点生气地说:"我看不见自己传的是谁,你还想让我怎么样?"

"视野。"拉布阴阳怪气地说。

"下次我最好把球传到你脑袋上。"泡椒回答。

泡椒的话里有一种开玩笑的感觉——就像他们平常拌嘴那样。

"你连一个明显的靶子都打不到。"拉布笑了笑。

"好吧,幸好你的头比靶子大多了"。

第六章 暗流涌动 | CHAPTER SIX: THE DARKNESS INSIDE

拉布回了几声冷笑，两个人再次回到以前的谈话状态，感觉真好。拉布想知道在灯亮以后，两人是否还能像这样对话。

他们一遍一遍地重复着这个训练，随着训练进行，攻守转换，拉布在黑暗中也更能适应。大概过了几小时，拉布吃了好几肘，身体也被撞了好几下，但是现在的他，已经不再害怕黑暗了。

最终，雨神成功突破防守者的包围，他全速突破，接到了来自拉布的传球，接着把球扔给在前面大声喊的泡椒。只见篮球停在地上 4 英尺（约 1.22 米）高的位置，随即所有灯光再次亮起，泡椒站在对面篮筐的下方。

"首发球员获胜，休息休息，喝点水。"巫兹纳德说。

首发球员欢呼庆祝，互相击掌碰拳，不过泡椒并没有走向拉布，显然目前看来还不太容易做到。拉布暗暗叹了口气，独自走向板凳席，一口气喝了大半瓶水，还吃了半根燕麦能量棒。是他今天早上自己打包的东西——昨天的训练可真是漫长，他快渴死了。

"失败的一方，等到训练结束前跑圈。"巫兹纳德接着说，"胜利的一方可以选择是否加入，一起跑圈。很明显，在进攻一端，大家必须学会如何听声音。还有没有其他需要注意的？"

在黑暗中你看到了什么？

"什么都没有。"拉布感到有些乏味。

你确定？

拉布思考着："我……我觉得在黑暗中所看到的，并没有像之前想的那样恐怖。"

通常来说都是这样的。

"竹竿,请过来一下。"巫兹纳德说道。

竹竿慢慢地走向巫兹纳德,看起来忧心忡忡。

"我想让你和球队说一件事,一件你想和大家说的事,要实话实说。"

"哪方面的事?"竹竿问。

"任何事。如果你们之间不能坦诚相见,就没有办法成为一支球队。"

竹竿想了一会儿,挠了挠胳膊,这使拉布想到竹竿的短片。竹竿随后又抓了抓脸——这也解释了为什么他的脸上有那些痘印。竹竿的爸爸常常对他吼,给他很大的压力。

"好吧……那个……我一直都很努力。"竹竿说话很轻,"你知道在休赛期,我非常想变得更好。我知道,也许大家不希望这赛季我回到队伍里,但我非常想帮助球队,我想,希望大家能够了解这一点。"

拉布感到心里被触动了。他有没有称赞竹竿打得好?他有没有关心过竹竿还好吗?或者关心他过得怎么样?一次都没有。拉布陷入孤独无法自拔,但他没注意到的是,竹竿也有这个感觉。还有多少人也是这样呢?

"杰罗姆,到你了。"巫兹纳德叫道。

大家一个接着一个说,很快就轮到了拉布,他走到巫兹纳德的旁边,大脑思考着。拉布确实没什么要说的——不管怎么样,他什么也不想和球队分享。

那就想想你的比赛,不积跬步。

第六章 暗流涌动 | CHAPTER SIX: THE DARKNESS INSIDE

"唔……好吧……我希望我们能取得全胜的战绩？"

"这算是一个问题吗？巫兹纳德问。

"不算。"拉布有点心烦，"好吧……嗯……今年我要多练练防守，我知道你们大家都觉得我防守很差，我会努力训练的，这样我才能进步。"

"很好。"巫兹纳德点点头。

训练，你才能持续进步。

雨神是最后一个说的，他走上前去，看起来有些烦躁。拉布瞪着他看。

"对不起。"雨神开口，表情不太自然，双手想插到口袋里，不过他的裤子并没有口袋，"昨天事，对不起。我不应该说那样的话，不该说我就是球队。"

"你是这么想的吗？"维恩问。

拉布也在想着同样的事情，雨神的道歉听起来不太诚心。事实上，当拉布看到雨神和其他队员争执的时候，他感到很生气，雨神压根就不在乎这些。

"我的确推动你们，让你们变得更好了啊！"雨神说道。

拉布打断了他："不对，你只想着怎么多得分，我们都被你拖着走。"

雨神看了一眼拉布，拉布的目光没有回避，迎面盯着雨神。

"那你们想要我做什么？"雨神问。

"我们要你成为狼獾队的一员，不是雨神·亚当斯和狼獾队。"拉布冷冷地说。

雨神叹了口气："我会的，我说正经的。大家和好呗？"

泡椒首先往前走了几步，接受雨神的道歉，慢慢地其他人小声地表示回应。拉布虽然不太情愿，但还是点点头。拉布隐约觉得自己会愤怒，是因为嫉妒雨神，这想法又让他感觉有些尴尬。拉布也想像雨神那样得到别人的关注，来一些单打表演，吸引到球探，还有球迷的欢呼支持。

拉布什么都没有得到，即使是作为狼獾队第二好的球员，也没有什么人关注。

但是，你敢于出手最后一投吗？

拉布站在队里，看向远处，当然会，一个明星怎么会拒绝最后一投的机会呢？

"大家来打分组对抗赛吧，一小时。"巫兹纳德说。

"不开玩笑？"泡椒怀疑地问。

"锻炼视野。雨神、维恩、拉布、阿墙、德文，你们5个一组，打其他人。"

拉布看了下他的新队友们——之前大家总是首发对上替补们，但现在首发球员的分组都被打乱了。雨神肯定不是替补那队，那就意味着泡椒被贬为替补了？拉布可以看到泡椒的表情，他似乎也在担心这种可能性。泡椒一直都把狼獾队看成生命中的一部分，如果让他打替补，他会崩溃的。这个想法也让拉布感到很难受，他无法想象在开场时，泡椒不得不坐在场边看着的场景。

巫兹纳德拿了一颗球出来准备跳球，说："如果关注某一个演员，就会忽视其他人。荷官发牌时，我们只会关注一张牌。我们关注篮球，却忽视了比赛。"

竹竿和德文站在两旁准备跳球。

第六章 暗流涌动 | CHAPTER SIX: THE DARKNESS INSIDE

"他现在在说什么啊？"拉布变得越来越担心。

听起来又有些神奇的事要发生，拉布谨慎地四处张望着，会不会又是他的格拉纳能量在作祟？还是说又有一只老虎要跳出来，骑到他头上？拉布的全身肌肉绷得紧紧的。

"人类能看见很多东西，但我们选择不去看那么多东西。这种选择的确非常诡异，很难理解。"巫兹纳德说。

老虎没有出现，灯光也没有突然熄灭，尽管这些都比接下来发生的事要好：现在拉布只能在两边各看到一条缝隙——他的边缘视力。就像是一块帘子盖住了，即使拉布狠狠地揉了揉眼睛，遮盖的视野还是没有恢复。

巫兹纳德将球抛起。

"我没法打球。"拉布喊道。

如果你真这么认为，就只能选择接受了。

拉布再次试着平静下来，这只不过是格拉纳的原因，是他自己的格拉纳。拉布回想起那条岩浆流，想到自己是怎么引流的。拉布控制住自己的情绪，他要做的就是保持冷静，合理疏导。

拉布瞄到他这队的新控球后卫维恩正控着球，于是他慢慢地朝篮下跑去，不断前后摇晃着头，脚下的路。拉布成功移到底角的位置，停在那里，意识到自己正处于空位。每个人的移动都很慢，雨神接到传球后朝篮下突破，但是对面的内线球员及时补防上来。换作平常，雨神肯定会坚决朝右侧突破，试图挤过对方，然后强行出手，但今天他居然把球甩给底角的拉布。杰罗姆被骗到了内线去防守，所以拉布现在完全处于空位。让拉布感到安心的是，他视野里的盲区突然消失了。

"我能看见！雨神，传得漂亮！"拉布大叫道，他调整了下手的姿势，对准篮筐的方向，球飞了出去，直中篮心。

拉布视野中的盲区再次出现。

泡椒问道："你……全都看得见？"

"现在又看不清楚了，只有投篮的时候才能完全看清。"拉布有些泄气。

拉布赶在杰罗姆进攻之前赶紧回身防守。当完全看不到的时候，拉布就把注意力都放到听觉上来，分辨其他人的方向和位置。现在拉布也是这么做的，他会集中注意力观察周围发生了什么，不同在于，之前的拉布只会注意到眼前发生了什么。拉布发现自己可以意识到别人在做什么，要往哪里走，还有谁正处于大空位。大家都移动得很慢——非常慢——但是他们都打得很聪明。

只要拉布跑出了空位，他的视野就会变得清晰。而当他强行出手的时候，眼睛就依然看不清楚，所以拉布必须让自己不断地跑，直到有空位。比赛一直打到所有人都汗流浃背，拉布的球衣紧贴着他的身体，像是第二层皮肤。比赛大概打了几小时。

"行了，拿上水壶，跟我到中场去。"巫兹纳德说。

拉布视野里的盲区消失，于是他跑去喝了点水。在对训练内容进行简单讨论后，巫兹纳德让替补队开始跑步。拉布想知道是否首发球员们会采纳巫兹纳德的建议，一起加入——或许雨神会来，毕竟昨天发生了那件事。但是雨神没有行动，其他人也没有，只是看着输的这队跑步。替补队罚进一个球重新回到队列中，巫兹纳德从包里掏出一小盆花，放在地上。拉布抱怨了一声。

"不是吧，又来了。"泡椒说着，很明显他和拉布的态度一样。

巫兹纳德说："还会有很多次，如果想要赢球，就必须把时间

第六章 暗流涌动 | CHAPTER SIX: THE DARKNESS INSIDE

放慢。"

巫兹纳德转过身，朝大门口走去。

"你要去哪里？"泡椒有点生气地问他。

"今晚带这盆花回家，泡椒，好好照顾它，别忘了浇水。"

拉布回头看着那盆花，他们要把巫兹纳德的一件东西……带回家？拉布和泡椒对视了一眼，眼神中充满担忧，这一刻，他们忘记了两人之间的隔阂。大门突然被撞开，狂风瞬间涌入。

雨神喊道："这花你想让我们看多久？"

巫兹纳德头也不回地说："直到你们看到新东西为止。"

说话间，大门砰的一下关上了，球馆被震得发响，抖落下一些灰尘，落在大家的头上，像雪花一样。

"你觉得他说的话的意思……就是字面意思吗？"泡椒皱起眉头问道。"谁知道呢？至少我不用把这盆花带回家。"维恩叹了口气说。泡椒回答："谢谢你的提醒。"

杰罗姆突然问道："你要去哪儿？"

拉布转身看到壮翰正朝板凳席大踏步走去，拿他的背包。

"我才不死盯着一朵傻花呢，我不干了。"壮翰说。

"你还好吧？"泡椒问他。

壮翰扭头看着泡椒说："泡椒，我告诉你，我不好。我们生活的地方叫波堕姆。这地方的事情都不太好。你要和那个怪胎相处，随便你去。但这么干，在波堕姆活不下来。别忘了你人在哪儿。有时间我不如省下来去工作。"

壮翰离开，拉布瞥了泡椒一眼。壮翰说的有一件事是对的——如果巫兹纳德不在这里，大家就没有必要一直盯着那盆花。拉布起身拿球去练投篮，这比较重要。大多数球员也跟着拉布一起，除了德文、雷吉和竹竿还留在那儿，盯着花看。

在某个角落，拉布好像感觉到有一道失望的目光射来。

我以为你想多学习一些关于格拉纳的事。

"我也想多练练篮球。"拉布想。

它们本就是一回事。

拉布沉下脸，仍然选择投篮，一遍又一遍地去练习他的底角三分。

"我想知道大家是否要去……"拉布开口说了句。

"看！"泡椒说道。顺着泡椒的目光看去，拉布发现那颗魔球正悬浮在德文的头顶。拉布愣住了，感到一丝熟悉的凉意。德文并没有动，也没人提醒他。不知道怎么回事，拉布觉得德文已经知道那颗魔球在他的头上。好像过了很久似的，德文突然举起手，在半空中一把抓住了魔球。黑色的魔球把他的手指吸了进去，接着，德文竟然消失了。拉布吓得往后退了几步，德文不知道去了哪里。

"他跑哪儿去了？"拉布想着。

他去了你将来也要去的地方，等你准备好的时候。

"那是哪里？"拉布有些紧张。

隐秘之地。

7
重要的一投

如果追求幸福,
你绝不会让自己受一点苦,
那就追求目标吧!

◆ 巫兹纳德箴言 ◆

第七章 重要的一投 | CHAPTER SEVEN: THE BIG SHOT

　　拉布看着德文在做投篮训练，德文在肘区附近出手，又投丢了，跟他之前的二十多次出手一样的结果。每一次投丢，德文只是把球捡起，跑回到相同的位置再投一次。

　　昨天，德文消失大概一分钟后就又出现。从那以后，拉布一直想知道德文去了哪里，更准确地说，他想知道隐秘之地是怎么样的，新来的德文在那里放下了什么？还有，难道拉布也要去那个地方吗？这让拉布有种前所未有的恐惧感，他不知道在过去的3年里，在那个隐秘之地埋藏了多少不愉快的回忆，也不知道那些回忆如今变得怎么样了。

　　拉布所知道的，就是所有发生的事让他感到压力越来越大。早上起床对他来说是一种折磨，而晚上入睡更难。

　　昨天晚上，当他的爸爸带着疲惫回到家时，拉布已经在沙发上坐了很久。爸爸扑通一声坐到拉布的身旁，脸上带着灰尘和汗水。

　　"最近睡不好吗？"爸爸问道。

"是。"

拉布的爸爸点点头，把靴子脱下，脚架在桌子上："还一直想着她吗？"

拉布一直看着壁炉上的那张照片，她在对着他们笑，看起来很健康，很开心……不知道将来会发生什么。拉布想把照片拿下来，但是泡椒不让。

"是的。"拉布说。

他的爸爸叹了口气，用手抹把脸，留了些灰印："她不想看到我们这样。"

"她也不想死。"

两个人就那么坐着，一句话没说。

"我也很难受。"爸爸说。

"这事发生之后，你是怎么做的？"

爸爸看着拉布说："我记得那些美好的回忆，然后翻页，继续往前走。"

"如果我没办法翻过这页呢？"

爸爸回答："你没有选择，不管你面对与否，事情都发生了。"爸爸站起身，在拉布的肩膀上拍了拍说："你的妈妈希望留给你的都是最好的，努力吧，让她感到骄傲。"

骄傲？这个词久久地停留在拉布的脑海里。一想到她，拉布的心里就很难受，他要怎么才能做到让她骄傲呢？

巫兹纳德开口说道，把拉布从回忆中抽离出来："大家集合，今天练习投篮。"

拉布吓了一跳，篮球掉在地上。跟往常一样，他并没有看见巫兹纳德走进来。拉布把球拿起来，放到一边。

第七章 重要的一投 | CHAPTER SEVEN: THE BIG SHOT

巫兹纳德看向德文说："嗯……今天会很有趣的。"

就在拉布跑到大家中间时，站在前面的巫兹纳德把球扔给德文，费尔伍德球馆突然消失了。木地板变成了石头，墙壁逐渐退去，四周一片空旷，顶上浓云密布。球队此时站在一座山的山顶上——山顶空间狭小，山峰高耸，更像是一颗巨型石头堆成的树。第二座山峰比邻而起，离他们脚下的这座山仅10英尺（约3米）的距离，顶上居然是一个篮筐。太阳和星星在明净的夜空中争辉。众人离平地足足有1英里（约1.6千米）的高度，也许还要更高。

拉布看向他的哥哥泡椒，泡椒正全身发抖。

"这是什么啊？"拉布小声地问，他呼出的气跟周围的云雾融在一起。

"我猜是一座山吧。"泡椒说着，牙关打颤。

拉布之前就知道泡椒有些恐高。泡椒的目光从这边的悬崖看向另一边的悬崖，他自己似乎显得比平常来得瘦小，好像把自己的身体缩起来一样。

"我们要做什么？爬下去？"杰罗姆从上面往下看，开口问大家。

冷空气在拉布的衣服下游走，这就是格拉纳能量引起的，拉布确信这一点。但到底是他自己的能量，还是德文的呢？山顶的场景对拉布来说没有任何意义……有意义吗？他从悬崖边往下看，云雾缭绕，底下是伸手不见五指的深渊。拉布面对的都是什么情况啊？

一阵剧烈的晃动从脚下山体传来，拉布吓得大喊了一声，只见一块巨型的石头碎裂开来，从众人的后方坠落，砸到崖壁上，随即没入云中。

当这块巨石消失在深渊的时候,只听到更多岩石的碎裂声从山顶传来。

竹竿说:"也许我们应该去投那个篮筐?"

另一块大石头裂开,往下滚落。拉布转向泡椒,跟他挤在一起。船下沉,山体碎裂,为什么一切都分崩离析?难道是因为拉布的恐惧造成的?

你所看到的一切事情,都是由你的思想化成的。

拉布思考着这句话,他想到了波堕姆这个地方,还想到了自己因为这个地方的贫穷环境,感到多么的沮丧失望。这里有着成堆的垃圾,持续恶化的环境。拉布从没想过要去解决这些问题,他总希望离开这里,去别的地方生活。但是,波堕姆是否真像他想得那样差呢?他看到的都是不好的一面,难道是因为……这是他想看到的?

你心里的阴暗面在起作用。

"我才不想要这些呢!"拉布暗暗地叫了句。

雨神投丢了第一个球,篮球重新飞回到维恩的手中。拉布的额头布满了汗水,就算在山顶凉爽的空气下,他依然感觉全身燥热。那些问题在拉布的脑海中打转,他到底在自己的周围埋藏了多少黑暗?山体再次开始碎裂。

"巫兹纳德,快把我们从这里弄出去!"拉布想着。

为什么你不这么做?

"继续投篮!"竹竿说。

第七章 重要的一投 | CHAPTER SEVEN: THE BIG SHOT

此时篮球又回到了拉布手中,众人里只有竹竿先进了球。拉布做了个深呼吸……很困难,紧张感如鲠在喉,当他打量着自己和篮筐中间的那道鸿沟时,脑袋一阵眩晕。拉布稳定住自己的身形,另一声巨响传来,他哆嗦了一下,随即篮球出手。只见篮球砸中了篮筐,然后坠入到远方的云雾中去。拉布木然地看着,想知道自己等下是否也会有像那颗篮球一样的下场。

只有你选择坠落,才有可能。

时间似乎越来越紧。拉布的目光从大家的投篮,跳到碎裂坠落的石块上,再看了看泡椒,最后注意到他正颤抖着的双手,他又错失了一记投篮。雷吉命中了,泡椒再一次投丢,雨神则是第三次没进,德文也投丢了。拉布没有投进球,几乎绝望地想大喊发泄。他的脑袋里充斥着一些声音:

"你马上就会让大家失望的。"

"你真是失望的代名词。"

"这就是你的错!"

"为什么你会害怕这些压力呢?"巫兹纳德问。

"我不知道!"

泡椒成功抑制住了自己的颤抖,随后把球投进,握紧了拳头。雨神和德文则再一次投丢,篮球又飞回到拉布的手中,泡椒安慰道:"你能投中的。"但是拉布从泡椒的眼神中读出了绝望和害怕。

卸下你的负担。

当厚重的声音压过众人,传到拉布的耳朵时,他吓了一跳。那艘沉船的画面在他的脑海中浮现,跟湖水漫过木地板的画面一样清晰。拉布知道，因为害怕失去，所以他给了自己很大的压力，因为害怕让队友们失望，害怕让他的哥哥泡椒失望，这种害怕束缚住了他的四肢。

大口呼吸，摆脱它们。

"怎么做？"拉布无奈地想。

专注细节，注意石头和篮筐，然后用你的肺部，感受气体的进出流动。

拉布让自己深吸了一口气，再呼出，心跳逐渐变缓，他慢慢地走到悬崖边上。拉布把注意力放在对面的篮筐上，脚的方向也对齐篮筐，移动手指，紧紧地抓着那颗球。那一刻，一切都安静下来，随即拉布把球投了出去，稳稳命中。

这就是为什么我们要盯着那盆花看。

拉布站在悬崖边缘，喘着粗气。

又一声巨响，石块断裂掉落，德文也投中了球，全队现在紧紧地靠在一起。

"再来一球就行。"拉布小声说道，看了雨神一眼。

篮球飞到雨神的手中，他的全身都在颤抖。

"投进它，雨神！"泡椒喊着。

他们脚下的山体持续崩裂，晃动，已经没有更多的空间可以立足了。

"赶紧啊！"维恩绝望地叫道。

山峰摇摇欲坠，这一次大家都要掉下去了。

第七章 重要的一投 | CHAPTER SEVEN: THE BIG SHOT

"保持身体平衡，我们不会有事的。"泡椒低声安抚道。

"投篮啊！"阿墙尖叫。

篮球被投了出去，山峰随之向后崩塌，远离了篮筐。拉布感到一般力量正在把自己往下拽，泡椒的一只手牢牢地抓住了他的手腕，指甲嵌到拉布的皮肤里，拉布只是默默地看着篮球在空中缓慢地滑翔，速度极其慢。

就在拉布感觉到自己也在滑翔的时候，篮球正好掉落到篮筐里。

崩塌的山峰，对面顶上的篮筐，四周刮起的寒风都消失不见了。狼獾队回到了费尔伍德球馆，拉布累得直不起身，泡椒则跪倒在地上，亲吻着脚下的木地板。

"你真恶心。"拉布说道，随即大笑起来。

他记得刚才泡椒紧紧地握着自己的手，哥哥的第一反应，总是保护他。

"欢迎大家回来，成为一名伟大的射手，需要具备哪些素质？"巫兹纳德问。

维恩生气地说："你差点杀了我们。"

拉布看到了巫兹纳德的眼睛，他的瞳孔变大了，显出了一座真正的大山，宽阔而饱满。

你的世界已经被重新塑造，马上就可以准备好去那间房了。

"我能在那儿找到什么？"拉布想。

只有你自己才会知道。

"想想伟大射手的内心，什么东西是他缺少的？"巫兹纳德问所有人。

"恐惧，"德文沉默了一会，蹦出几个字，"缺少恐惧。"

"每个伟大的射手，都无所畏惧，如果害怕投丢，害怕被盖帽，害怕输球，就不会想出手投篮。即便出了手，也是急匆匆出手。恐惧会让手肘变形，让手指硬得像石头。这样永远成就不了伟大。我们该如何摆脱恐惧？"

"勇敢面对恐惧。"德文说道。

"没错，我们大家都害怕一件事情，就是让朋友失望。"巫兹纳德说。

拉布看着巫兹纳德，他的话重重地敲打在拉布的心上，他似乎能听到蜂鸣器正在倒计时响着……

"今天就到这儿吧。"巫兹纳德说，"明天应该会很有意思。"

"那今天呢？今天很无聊？"拉布嘀咕道。

巫兹纳德转身走向最近的一堵墙，再一次，巫兹纳德没有在离开的时候朝门走去，一道光闪过，熄灭，大家睁开眼睛后，巫兹纳德就消失了。

泡椒问："你在干什么，雨神？"

雨神从包里拿出篮球，径直走到罚球线的位置。

"投篮。"雨神回答道。

大家都犹豫了一会，然后也跑去拿他们的篮球，在两边罚球线的位置排队练习罚球。拉布一次又一次地出手，捡球，排队再投篮，一直持续到他的双手双脚没有了力气，整个世界在他眼里只剩下一颗球，一个篮筐，和地上的一条黑线，这些让他的世界有了意义，对他来说，足够了。全队投了差不多几个小时，最后，大家结束了投篮，都去换衣服。就在拉布把休闲鞋换上的时候，泡椒又独自离开,尽管在大门关上的瞬间,他回身看了看拉布。拉布立马追了出去,他已经厌倦了和泡椒冷战——当你们经历过一起从山顶坠落,争吵又算得了什么呢。与此同时,泡椒也继续往前走着。

当泡椒大步穿过停车场的时候,拉布终于追上了他。拉布犹豫着是否要先道个歉,或者为了山上发生的事说句谢谢,但这两个想法似乎都不太合适。

"你今天要和我一起走了?"泡椒问。

他们总归是兄弟,拉布想要的,只是两人再回到正常的状态。

"对啊……你自己一个回家不太安全。"拉布说道。

"为什么不安全?"

"你身高太矮,大家开车都看不到你。"

泡椒脸一红,随即大笑起来:"闭嘴吧你。"

"是谁在说话?"拉布故意问道,假装在脚踝附近找什么东西。

两人并肩走了一会,都没有说话。一辆车呼啸而过,喷出的废气飘到天上。拉布想起他们两个之前的那次争吵,想起泡椒说过的话,那些胸闷的时候,孤独的时候,拉布都不在他哥哥的身边。但现在去改变也不算晚。

"你真的有时候……会呼吸不畅吗?"拉布问道。

"是的,我猜……是因为太焦虑或者别的什么。"泡椒说道。

"我有时也会这样。"

"当下次再发生的时候,你可以告诉我。"泡椒说道。

拉布瞬间忍住将要夺眶而出的泪水,现在这样,是他一直在等待着的,某个人可以告诉拉布,他不是一个人,有人可以倾述,任何时候在对方面前，都感到很安心。

"你也是。"拉布回答。

他们没有再说多余的话，两人都不需要了——至少不是现在。

但是拉布知道，未来还有很多话可以说，从现在开始，一切都改变了。

⑧ 真正的敌人

当我们陷入挣扎的时候，
我们也在学着如何帮助他人。

◆ 巫兹纳德箴言 ◆

第八章 真正的敌人 | CHAPTER EIGHT: THE REAL ENEMY

　　大雪涌入球馆，席卷场内，翻起雪花，狂风呼啸着包围了拉布，他有些困惑地看着周围的景象，球员们在雪中运球穿梭，欢呼着，篮球随之出手，飞向半空。这雪让人感觉一点也不冷，雪花逐渐集中到中场的位置，汇聚成一片白色，最后消失不见，地上没有留下一片雪花。

　　"我还在做梦吗？"拉布小声地说。

　　只见巫兹纳德慢慢地走进球馆，球馆里寂静无声，他站到场地中央，双手紧握。拉布看雪实在是看得太入迷了，连巫兹纳德的回答都没有注意到。

　　"面对我站成一排。"巫兹纳德说道，把拉布的注意力吸引了过来，"你们其中3个人已经捉到了魔球，我能看到大家的一些变化。其他人必须保持专注。当机会来临时，必须准备好。"

　　3个人？拉布和泡椒交换了个眼神，除了德文还有谁也抓住了魔球？

　　拉布看了看队里的其他人，想知道是否大家都在隐藏着什么事情。每个人都有吗？怎么会每个人都有一个秘密？怎么可能大家都有害怕的事情？

因为大家都是人。

"今天大家主要练习集体进攻。"巫兹纳德继续说着，"之前已经练习过传球、视野和投篮。但篮球不是一个人的比赛，而是很多人的比赛，即使是最伟大的球员，也不能单枪匹马赢下比赛。"

巫兹纳德抬头看向顶上的房梁，拉布也跟着看了过去，奇怪了，天花板看起来和拉布记得的不太一样。房梁像刚刷过漆，电灯也不再积满灰尘，看起来特别明亮。拉布转过头，看到看台似乎也刚刚被擦洗过一样。难道弗雷迪雇人来维修过这个地方了？

半数的灯光又熄灭了，拉布不屑地哼了一声，没关系，看来费尔伍德球馆还是老样子。拉布注意到球员们正前方的那些灯还亮着，甚至比平常更亮了。面对突如其来的强光，拉布眨了眨眼睛。

"我们要学会如何作为一个集体去进攻。但首先，我们需要一些防守队员。"巫兹纳德说道。

有人尖叫了起来，拉布转过身，看见队员们的影子正从地上站起来。拉布吓得后退了几步，只见他的影子慢慢地爬起，扭动着四肢，接着跳出到地上。影子完全就是拉布的轮廓，它还会自己热身，接着转身朝着拉布，没有脸，让人感到害怕。

"这可不好玩。"泡椒说。

"来看看今天的防守球员吧，你们应该对他们很了解。"巫兹纳德说道。

拉布的影子伸出手来，拉布没有动，接着影子往前站了站，

第八章 真正的敌人 CHAPTER EIGHT: THE REAL ENEMY

坚持要和拉布握手。拉布咽了口唾沫,和影子握了手,它点点头,然后继续热身。

"这是到目前为止最奇怪的一次训练。"泡椒说。

拉布点头表示同意:"我觉得自己有点想念那头老虎了。"

"防守球员,各自落位。"巫兹纳德说道,影子们慢跑到了球场上。

拉布揉了揉眼睛,在过去的8天里,他已经看到太多奇怪的事情了,但跟今天看到的比都不算什么。场上好像是他们自己的复制品那样,跑来跑去,拉伸,跳跃。

泡椒不情不愿地说了句:"站成一排。"

拉布走到左翼的位置,他的影子也跟着移动,沿着地板滑动脚步,始终保持在拉布的身前。影子还降低了自己的重心,并且防得很紧,一只手伸出来,随时掌握拉布的动向。

"放松点,你会吧?"拉布说道,"我们的比赛都还没开始呢。"

影子摇了摇头。

"我想你平常不怎么说话吧?"拉布说。

影子再次摇头,拉布突然意识到,他可是在跟自己的影子说话,不禁揉了揉太阳穴。

"雨神!"泡椒喊着,就像以前每次发起进攻那样,把球传给了雨神。

跟往常一样,雨神想做个假动作,然后切到篮下——但是他的影子完全挡住了他。篮球被传给了拉布,他立马往前冲了一步,想通过假动作抢出一些空间,但是影子不为所动。影子紧紧贴着他,并举起一只手,防范拉布突然的跳投。面对如此有侵略性的防守，拉布不得不护好球，感到很棘手。

"试试打内线。"拉布叫喊道，把球扔回给泡椒。

泡椒又把球给到了竹竿那里，竹竿位置非常好，冲进去上篮……接着被狠狠地拦了下来。

"首发替补，调换位置。"巫兹纳德说道。

"我觉得影子们比我们防守好太多了。"拉布嘀咕。

他的影子表示赞同，点了点头，拉布狠狠地瞪了影子一眼。

替补球员们同样无法得分，首发球员再次上场。

这次，球几乎一开局就被抢断了。两个影子互相击掌，拉布的影子甚至还伸手弄乱了他的头发。

"嘿！影子拉布，这可一点都不酷。"拉布说。

首发队和替补队交替着上场。拉布投进过一个球，但他被盖了6次，还被断了至少3个球。随着每次防守的成功，拉布的影子变得越来越嚣张，甚至还和泡椒的影子来了一次撞胸庆祝。

"我们的影子太讨人厌了。"泡椒咕哝道。

"我也注意到了。"拉布说。

就在众人休息，大口喝水的时候，巫兹纳德走了过来。

"拉布，你的防守怎么样？"

拉布看了看周围，发现只有自己一个人站在场上，他变得有些紧张。

"还好吧……"

"跟我听到的可不太一样。"

拉布愤愤地看着巫兹纳德："我只是想打出我自己的风格，我喜欢人盯人。"

"啊，我懂了，但你并没有在人盯人防守，你只是在自顾自地

第八章 真正的敌人 | CHAPTER EIGHT: THE REAL ENEMY

大雪涌入球馆，席卷场内，翻起雪花，狂风呼啸着包围了拉布，他有些困惑地看着周围的景象，球员们在雪中运球穿梭，欢呼着，篮球随之出手，飞向半空。这雪让人感觉一点也不冷，雪花逐渐集中到中场的位置，汇聚成一片白色，最后消失不见，地上没有留下一片雪花。

"我还在做梦吗？"拉布小声地说。

只见巫兹纳德慢慢地走进球馆，球馆里寂静无声，他站到场地中央，双手紧握。拉布看雪实在是看得太入迷了，连巫兹纳德的回答都没有注意到。

"面对我站成一排。"巫兹纳德说道，把拉布的注意力吸引了过来，"你们其中3个人已经捉到了魔球，我能看到大家的一些变化。其他人必须保持专注。当机会来临时，必须准备好。"

3个人？拉布和泡椒交换了个眼神，除了德文还有谁也抓住了魔球？

拉布看了看队里的其他人，想知道是否大家都在隐藏着什么事情。每个人都有吗？怎么会每个人都有一个秘密？怎么可能大家都有害怕的事情？

因为大家都是人。

"今天大家主要练习集体进攻。"巫兹纳德继续说着，"之前已经练习过传球、视野和投篮。但篮球不是一个人的比赛，而是很多人的比赛，即使是最伟大的球员，也不能单枪匹马赢下比赛。"

巫兹纳德抬头看向顶上的房梁，拉布也跟着看了过去，奇怪了，天花板看起来和拉布记得的不太一样。房梁像刚刷过漆，电灯也不再积满灰尘，看起来特别明亮。拉布转过头，看到看台似乎也刚刚被擦洗过一样。难道弗雷迪雇人来维修过这个地方了？

半数的灯光又熄灭了，拉布不屑地哼了一声，没关系，看来费尔伍德球馆还是老样子。拉布注意到球员们正前方的那些灯还亮着，甚至比平常更亮了。面对突如其来的强光，拉布眨了眨眼睛。

"我们要学会如何作为一个集体去进攻。但首先，我们需要一些防守队员。"巫兹纳德说道。

有人尖叫了起来，拉布转过身，看见队员们的影子正从地上站起来。拉布吓得后退了几步，只见他的影子慢慢地爬起，扭动着四肢，接着跳到地上。影子完全就是拉布的轮廓，它还会自己热身，接着转身朝着拉布，没有脸，让人感到害怕。

"这可不好玩。"泡椒说。

"来看看今天的防守球员吧，你们应该对他们很了解。"巫兹纳德说道。

拉布的影子伸出手来，拉布没有动，接着影子往前站了站，

第八章 真正的敌人 | CHAPTER EIGHT: THE REAL ENEMY

人盯人防守。"

"有什么区别吗？"拉布问道，有些疑惑。

"你认为自己要做的，就是防守你的人就好。'我防的人没有得分''我防的人没抢到板'，真正的人盯人防守意味着，没有人可以在你们面前得分。"

巫兹纳德朝拉布走了一步。

"如果你想要成为队里的首发球员，你就必须像老虎那样防守。"

"我……我会努力的……"拉布的声音慢慢变小。

"很好，现在让我们回到进攻，请各自落位。"

拉布一眨眼，全队又出现了。影子们分散站着，等待首发队员们的进攻。拉布走到三分线外一侧，他的影子便站出来和他对位。球馆变得更暗了一些。

"泡椒，把球传给雨神。"巫兹纳德说。

拉布的影子不断推挤着拉布，同时还把手举高来干扰传球。拉布后退，感到很厌烦，但是影子得寸进尺，两人之间的距离不到 1 英尺（约 0.3 米）。

"冷静点。"拉布说道。

但是影子还是那样积极移动，把泡椒和拉布的传球角度都封锁了——让传球变得非常困难。

"他说的是雨神，我可接不到传球。"拉布咕哝道。

泡椒只得照做，突然间，一道白色的光打在雨神的身上，他的影子又移动起来，同时封死了雨神的投篮空间，也挡在他突破的路线上，冰冷的手指划过雨神的胳膊。

是你创造出来的影子。

"所以呢？"拉布想着，看了巫兹纳德一眼。

所以你知道怎么去防守，你只是隐瞒不说。

拉布有些生气，转身朝着他的影子。确实是这样，拉布没有像这样防守过……但难道这样的防守不是在消耗进攻的体力吗？射进底角三分不是更重要吗？

就像要回答这些问题似的，他的影子又逼得更紧了。

"让我们看看你到底有什么招。"拉布说着。

他已经弄清楚了，当某个人处于空位的时候，聚光灯就会打在那个人的身上。所以拉布快速地往低位冲去，做了一个假动作，又往后退了回来，高举双手要球。这是拉布最喜欢的套路，他常常用。聚光灯打在了拉布的身上，但是光的强度，明显比其他人身上的淡上不少。

"我还不是一个足够好的选择。"拉布意识到。

拉布空切到底角的位置，接着大喊着要球，他的影子也追了过来，这次拉布身上的光源变得非常的强。

雨神把球传给了拉布，拉布运了一下，立马甩给处在低位的阿墙。拉布就站在底角的位置等待，阿墙转身离开了他，准备低位单打，此时拉布周围的光再次变得黯淡。阿墙看不见拉布的位置，防守者就站在传球路线上。

通常情况下，拉布会一直站在那里不动，但这次进攻已经没剩多少时间了。

拉布切出，跑到弧顶的位置，进入阿墙的视线当中，接到对方传来的球。拉布的影子如影随形，随着拉布的停顿，影子居然

第八章 真正的敌人 | CHAPTER EIGHT: THE REAL ENEMY

变得更大了,他只好把球传到内线,自己再次空切跑位。拉布从内线跑到侧翼的位置,再跑到底角,绕了一个三角形。

这不仅可以争取到更好的空间——拉布也是在帮助他的队友们。当拉布给低位的竹竿传了一个球后,他迅速切入,竹竿也就有了一个回传球的选择。当拉布跑向底角,他会借一个大个子的挡拆,把防守者牢牢地挡住,接着自己便得到一个很大的空位去投篮。一个小时内,拉布射进了5记三分,没有再看见他的影子撞胸庆祝了。

"影子拉布,现在呢?"拉布拍拍胸脯问道。

他的影子望着拉布,面无表情,拉布没有继续说下去。

在雨神上了一个空篮后,巫兹纳德走上前来,手里拿着那盆花。

"今天就训练到这儿吧,大家坐下来看,先生们,谢谢你们。"巫兹纳德说。

所有的灯再次亮起来,影子们瞬间就消失不见了。拉布拿着自己的水瓶,盘腿坐在那盆花的前面,享受休息的快乐时光。他已经快被训练给折磨坏了,麻木到他根本感觉不到自己有多么的累。也许以前的拉布太在乎球权了,导致自己在打球时停滞不前,浪费了一些时间。

他有真真正正地努力过吗?

"如果使用'聚光灯进攻'战术,就会更有效率。"巫兹纳德接着说,"跟随灯光,迎接灯光,就能战胜任何黑暗。"

"这话用在打球里,有些太沉重了。"壮翰说道。

"用在人生里刚刚好,为什么不用同样的价值观,面对生命中的每件事情?"巫兹纳德说道。

说话间，巫兹纳德转身去看着那盆花。拉布还是搞不懂，他们要怎么才能看着这花长大。但他实在是太累了，所以干脆就坐下来喝点水，好好休息一下。接着球馆里面的氛围变得愈加紧张起来……像没有人在喘气一样。拉布不用看就知道，那颗魔球已经来了。

"又来了。"拉布小声说。

维恩先冲了上去，拉布跟在后面，他注意到竹竿、德文和杰罗姆就待在原地——显然他们就是那3个已经抓住过魔球的人。他们3个都到过隐秘之地，那里有什么呢？他们在那里藏了些什么呢？

当拉布靠近魔球的时候，他在等魔球先移动。"分头行动！"拉布大喊着。拉布扑上去抓球，没抓到，魔球从他面前闪过，往右边去了。雨神朝魔球冲过去，也没抓到，疯狂地挥舞着手臂，结果打到了维恩的胸部。拉布看到泡椒铆足了劲上前抓球，结果功亏一篑，只见黑色的魔球慢慢地来到了雨神的面前。

雨神已经准备好了，做了个假动作，以一只脚为轴，转了个圈，用右手抓住魔球，随即整个人便消失不见。

"肥仔在这里可麻烦了。"壮翰说道。

"我想你说的是坏蛋布鲁伯？"泡椒问。

"他还是那么胖呢。"

拉布揉着自己的大腿——他感觉自己在追球的过程中好像拉伤了。拉布一瘸一拐地走到板凳席那喝水，才想起来要找巫兹纳德，但是后者早已经走了。拉布叹了口气，坐在凳子上揉着自己的大腿。维恩坐在他的身边，闷闷不乐的样子。

"我已经受够那颗魔球了。"维恩说。

"同感。"拉布说着,看到雨神再次出现。

他们把球鞋脱下,坐了一会儿,大口喘着气。

维恩小声地说:"嘿,你记得有一天你跟我说过的话吗?就是你说如果我需要帮助,你都会在我身边?"

"当然记得。"

维恩挠了挠脖子,看起来有点别扭:"好吧,我想问问,如果你和泡椒,如果他愿意的话,能不能在夏天的时候和我一起在公园打打球。"

"在你选的地方?"拉布扬起眉毛问道,"为什么不在这里打球呢?"

"好吧,我去那里打球,那里有些家伙狠狠地教训了我一顿,一群傻蛋和……"

"我会去的。"拉布打断维恩的话,"泡椒也会去的,任何时候你想去都行。"

维恩看着拉布,感到很意外,他清了清自己的嗓子,然后点头说了句:"谢谢。"

维恩开始整理背包,拉布觉得自己好像看到维恩用肩膀快速抹了下眼睛。

最受伤的人,往往付出最多。

拉布觉得喉咙被堵住了,"怎么就没人帮帮自己呢?"拉布想着。

因为你觉得自己不值得被帮助。

拉布闭上眼睛,他已经准备好走进那个暗室了。

9 暗室

如果你负担了太多的东西，
你又怎么能帮助别人呢？

◆ 巫兹纳德箴言 ◆

第九章 暗室 | CHAPTER NINE: THE DARK ROOM

　　拉布弯着腰，站在场边大喘气，两手已经快抽筋了，头发趴在额头上，油乎乎的。他热身练得太狠……几乎要发疯了。投篮，抢篮板，投篮，抢篮板，拉布一直在练球，直到泡椒问他是不是感觉不太舒服。

　　拉布确实不太舒服，晚上没有睡好，还是老样子，几乎没怎么合眼。恐惧在拉布的隐秘之地蔓延开来，他害怕会在那里看到什么。也许，每个人都有些事情不想让别人知道，但拉布是唯一睡不着觉的人，一直感觉很恶心，还讨厌自己。拉布这种坦诚的想法，说实话，确实让他很惊讶，他讨厌以前的那个自己。

　　而现在，他努力把所有的痛苦都推开遗忘，然后做好准备。

　　但他准备好了吗？他要怎么准备才能再去面对那些回忆呢？

　　"距离训练营结束还有两天。"巫兹纳德说着，从拉布的身边穿过，走到场地内，好像是从空气里跑出来的一样，"还有两个人没有抓到魔球。"

　　拉布愣住，两个人？其他人是什么时候抓住魔球的？他看了看泡椒，泡椒的脸上也出现了和他同样困惑的表情。他俩就是剩下的那两个人，这很重要吗？

是不是因为他们面对的问题最多？

巫兹纳德继续说着："训练营结束之后，我们会回归正常的节奏，一周练三个晚上，直到新赛季开始。训练的内容，就是我们之前反复讨论过的东西，直到一切成为身体的本能。闲暇时间，你们要保持内心专注。阅读，学习，学会看透事物。思想和身体是相互连通的。忽视了其中一个，另一个也不会成功。永远不要停歇……"

"已经放暑假了，暑假里不应该学习的。"阿墙说道。

"内心坚定的人，永远不需要，也不想要休息。"巫兹纳德回答，接着朝大门口走去，"大家明天见。"

"今天没有训练吗？"泡椒问。

"有啊，只不过你们不需要我了。"巫兹纳德边走边说。

"我们应该干点儿什么？"雨神在巫兹纳德身后问道。

巫兹纳德回身看着他们："交给你们自己决定。"

巫兹纳德走出大门后，居然一瞬间消失，把全队都困在球馆里。球馆里唯一的出口也消失了，拉布紧张地四处查看着。

"完美，我猜，他是想确保我们不会早早回家。"泡椒说。

"我不太确定。"竹竿咕哝道。

竹竿说对了，有什么东西突然开始搅动碾磨着，发生特别大的声音，拉布不得不捂住他的耳朵。随着噪音越来越大，球馆的两面墙突然颤动起来，接着往前推压，像一把巨大的老虎钳那样向队伍逼进。

"这不可能。"维恩倒抽了口凉气。

第九章 暗室 | CHAPTER NINE: THE DARK ROOM

"可能或者不可能,这事儿太主观了。"拉布抱怨说道,"有想法吗?"

"那间更衣室!"雨神喊道,他跑向更衣室的大门,结果在碰到它之前就消失了,雨神沮丧地拍打着墙壁说,"现在该怎么办?"

"或许应该再试试投篮?"维恩建议。

这是一个好的建议,但并没什么用。拉布投了几个三分,再上了几个篮,大家都照做,投了一个又一个。直到所有人都汗流浃背了,墙壁依然还在移动,把铁制的看台往里推过来,几乎要推到球场里了。整个球馆形成一条走廊的形状——对拉布来说印象深刻。而且墙壁都是白色的,拉布环顾四周,惊恐地看着,似乎回到那一天,他的呼吸几乎要停止了。

就跟过去的三年一样,回忆一直在威胁着自己,现在拉布感到那些回忆终于要把他给压垮了。

"没用的。"拉布说,"两天前我们过投篮,巫兹纳德不会让我们做重复劳动的。"

"还有什么办法?进攻和防守我们都做了!"阿墙说道。

拉布看着球馆四周,他没有办法,什么似乎都试过了。

"我们得让墙停下来。"德文突然说了句,只见他冲到看台那里,抓住一边往上抬,看台纹丝不动,德文喊道,"来帮忙啊!"

拉布跑过来和他一起使劲,看台座椅是由钢铁焊接的一个巨大的结构,重得令人难以置信。拉布拽着架子,使出了吃奶的力气。

"从旁边搬!"雨神大喊,"我数到三!一……二……拽!"

他们把看台移动了几厘米的距离,两面墙应声而至,拉布紧咬着嘴唇盯着看。就算是这巨大的钢铁看台,在推压过来的墙面前也难以匹敌，随着刺耳的金属碾压声响起，看台像纸一样被折叠变形。

"没有用的！"泡椒喊叫着。

拉布来回看了看，现在球馆真的像一条走廊了。他几乎看到了靠着煤渣砖放置的金属椅子，闻到了刺鼻的消毒水的味道，听到哭泣声、叫喊声和仪器的声音混杂在一起，他想也不想就把双手按在耳朵上。

拉布不相信这些——他不能相信——但是大家还有什么是没有做到的呢？巫兹纳德说过，是他们在创造属于自己的格拉纳能量，但是为什么大家要对自己做这些事呢？是拉布做的吗——是他又创造了这条走廊？有什么意义呢？拉布蹲了下来，双手依然盖住耳朵。这件事肯定有什么含义，造成破坏总有一个目的，目的是什么呢？

"看！"德文大喊着，往上指了指。

拉布根本不用看……他可以感觉得到那颗魔球。他的脑海里闪过一丝希望：或许泡椒可以抓住魔球，及时逃离这里。但是当拉布看向魔球时，他放下手臂站了起来，希望再一次破灭了。魔球至少悬在20英尺（约6米）高的位置，他们怎么也不可能碰到它的。

"我们有人能逃出去啊！"竹竿说道，"你可以消失，还记得吗？"

"只有那些还没抓到魔球的人才行，只对他们有效。"雷吉说道。

拉布和泡椒面面相觑，拉布转身走向弯曲的看台，看台中间的部分被挤压拱起，直直地朝上延伸——正对那颗黑色的魔球。

第九章 暗室 | CHAPTER NINE: THE DARK ROOM

"到看台上面去！"拉布说道。

所有人都在往上爬，互相拉扯帮助，尽管脚下很滑，他们最终都站在了看台拱起部分的顶上。爬的时候很危险，好在底部足够宽大，也足够平稳，所以大家能站到上面，每个人都在努力维持着自己身体的平衡。

拉布疯狂地挥手去够那颗魔球，挣扎着要逃离这条变成了走廊形状的球馆，但无济于事。就算已经站到这里，魔球对他们来说还是太高，他们已经没有时间了。拉布绝望地看了泡椒一眼，他可以在泡椒的眼睛里看到恐惧。

拉布瞅了眼墙，再看看魔球，就算看台被挤压变形变得足够厉害，拱起部分的高度依然不够。他们会先被铁制的看台压碎，在一切磨炼之后，他们马上就要面临失败了，不管今天这个训练是什么，他们都已经错过了。

德文做了最后的挣扎，他弯下腰，四肢撑地，脚蹬在看台弯曲的地方，用强有力的手指抠住另一张座椅。

"来啊！我们来搭个金字塔！"德文喊道。

几个最高大的球员在拉布身边趴下，接着是雨神、杰罗姆和维恩叠在上面，他们试着保持平衡，不要晃动，可以看到下面一层人的背部正在颤抖着。最后，拉布和泡椒从两侧爬了上去。

爬的过程很艰难，但最终他俩还是站到了顶端，互相拉着对方，相距寸许。拉布瞬间察觉到，两个人都不想去碰那颗球。也许一个人碰到那颗球，所有人就都会幸免于难，也或者，只有那个人会没事。

他怎么能去冒这个险呢？

"快点！抓住它！"雨神喊道。

泡椒马上蹲下,双手交叉成一个脚垫:"听我的口令。"

拉布很生气:"泡椒,我们还没商量……"

泡椒瞪着拉布,拉布知道这个眼神意味着什么,那种固执、倔强的眼神。

"别跟我争辩。"

"但是……"

"想也别想我会丢下你。现在……"

拉布望着泡椒,他知道泡椒绝对不会先去碰那颗球的,泡椒也绝对不会把拉布一个人丢下。

"我也不能把你丢下。"拉布哽咽道,眼泪和汗水都流进嘴里。

"我会没事的!现在,利用好这多出的3英寸(约7.62厘米),尽全力跳起来!"泡椒说。

拉布看向他的右侧,墙面很近了,他几乎能碰到墙。"泡椒……"

"一……二……三!"泡椒大喊,"走!"

拉布一脚踩在泡椒手上,不顾一切地奋力一跳,眼泪从他的脸颊滑下。拉布可以感觉到,泡椒也给了他一个向上的力,让他飞出这团铁制的破烂看台,拉布知道,如果失败了,他们全都会死。有那么一刻,拉布觉得自己可能做不到。

紧接着,他的手指碰到那颗魔球,人瞬间消失了。

拉布此时正站在一间空空如也的房间里,水泥地面向四周延伸,一直延伸到黑暗中。他小心翼翼地查看周围,不管怎么说,这里似乎……很熟悉。拉布知道这个地方,但是他并不确定自己是怎么知道的。拉布走了几步,一道聚光灯打在他身上,跟着一起移动,聚光灯似乎找不到光源。终于,拉布听到一阵急促的

第九章 暗室 | CHAPTER NINE: THE DARK ROOM

叫声。

"把你的东西带上，拉布……"

"这是什么？"一个有些无力的声音问道。

"你的妈妈——快一点。"

黑暗中出现了一些画面，两个男孩和他们的爸爸一起，坐进一辆小破车，在夜晚加速行驶。接着他们快速走过一条白色的走廊，就像拉布刚刚逃脱的那条走廊。一阵骚动，有人在哭泣，画面突然变得清晰起来，年龄更小的拉布坐在铁制的凳子上，泡椒和他们的爸爸则守候在床边，她的床边。妈妈，妈妈在床上。

拉布透过敞开的门往里瞧，泡椒的双手捧着妈妈的手，护士们在周围忙碌着。他的妈妈就躺在那儿，头侧到一边，双眼紧闭，没有了心跳。泡椒在一旁抽泣着。

那个在走廊里的小拉布最后站了起来，走进房间里。

"妈妈。"他叫了声，眼睛里噙满了泪水。

当妈妈死的时候，拉布并不在房间里，他只是待在走廊上，无法面对妈妈疼痛的样子。拉布让妈妈失望了，在她生命的最后时刻，这可是他的妈妈。

小拉布扑到妈妈的腿上，他的爸爸在一旁抓着拉布和泡椒。拉布看着，跪了下来，医院的画面随即变暗，千百万张照片快速闪过，全部飘浮在黑暗中。拉布和妈妈相处的每一秒，唱歌，读故事，一起在街道上走着。妈妈的围巾在风中飘扬，拉布跟在身后。这些照片围绕着拉布旋转，像玻璃球里的雪花一样，拉布大声尖叫着，双手堵住耳朵，不堪忍受。就是这个地方，他一直在逃避的地方。

地板开始颤动着，雪片般的照片消失不见，拉布又陷入回忆。

他看见自己正孤独地坐在床上，盯着双手发呆，他看见自己避免和朋友们接触，一个人扒拉着食物，然后找个借口不吃晚饭，当没人的时候，他会闻一下妈妈剩下的那点香水。远处飘来一个声音，那是拉布的声音："我让所有人失望了。"

冰冷的水从地板下冒出，漫过了拉布的双腿。

拉布一直都害怕来到这里，但是他意识到，这一切都太过熟悉了。拉布已经在这个地方待了3年，他就住在这个隐秘之地。无数个清晨，拉布觉得肚子里翻江倒海的，不想从被窝里出来。无数个夜晚，拉布只想好好睡上一觉，因为他的大脑需要休息。他的精力已经耗尽，笑容逐渐消失。拉布看着这一切发生，每次翻过一个安静无声的场景。

"我想终止这一切。"拉布小声地说。

"不对，你想终止的是痛苦的感觉，这是不一样的。"有个声音响起。

"我应该怎么做？"

"你选择在这里活着，为什么？"巫兹纳德说道。

拉布思考着他说的话："因为……因为我的妈妈。"

"那只是一个开始，失去心爱的人，是很强大的催化剂——会把人变好，或者变坏。但是，你创造这个黑暗的房间是有原因的。你把东西藏着这里，你躲在这里，为什么？"

更多的场景出现在面前，那些个独自待着的日日夜夜，拉布感到更多的内疚和更多的……羞耻。

"因为我无法面对那些回忆。"

"不对，不只是这样，拉布，你为什么不试试最后一投？"

拉布看着巫兹纳德，皱起眉头说："这跟现在说的有什么

第九章 暗室 | CHAPTER NINE: THE DARK ROOM

关系……"

"当蜂鸣器响的时候,你却不想出手投篮,为什么?"

拉布回想起自己在第一天训练时看到的场景,那时他的手中抓着篮球,妈妈让他快出手,当拉布失败的时候,全场观众都非常愤怒。没错,最后一投让他不知措施。

拉布含糊不清地说着:"因为我觉得自己让所有人都失望了,我的妈妈……我俩靠得这么近,她需要我,但是我不在那里。"他抽泣了一声:"她死了,而我却不在身边。"

"当我们感到痛苦的时候,我们想要承担责任,想要夺回生活的控制权。"

"我让她失望了!你也看到了,不是吗?她……"拉布大喊。

"我知道你爱她,你与她同在,不管有没有在那个房间里,你都爱她。"

拉布泪如泉涌,将脸深埋在双手中。

"这个地方的核心是什么?你在害怕什么?"巫兹纳德轻轻地说。

拉布沉默了一会,开口道:"是……我总是让人们失望。"

"恐惧就是这样产生的,如果不去面对,它就会越来越膨胀。当你没有准备好,那些被你推开的东西会再次回来,你就会丧失对你恐惧的控制。"

拉布擦了擦鼻子说:"我应该怎么去改变……"

"一点一点地往前走,不要在每天醒来的时候期望幸福,而要期望恐惧会卷土重来。接受它们成为你的一部分,随着时间流逝,它们将失去伤害你的力量。选择更艰难的那条路。"巫兹纳德说道。

巫兹纳德把手放在拉布的肩上。

"每个人都需要帮助，不要感到内疚，拉布，不要觉得羞耻，那些感受只会让你更加沉重。"

拉布哭了起来，巫兹纳德把一只手放在他的背上，一种踏实的感觉。巫兹纳德耐心地等待着拉布停止哭泣。

拉布的身体颤抖着，眼泪止不住地流。

巫兹纳德问他："你在这些片段中看到了什么？你到底让谁真正失望了？"

拉布放下双手，他回忆中的一个片段停住不动，就像他按下了暂停键一样。

拉布看到自己正躺在床上，盯着天花板发呆；看到他透过卧室窗户往外看，泡椒和朋友们在一起，拉布想着自己为什么不去加入他们；看到他把最后一投的机会都传给了别人；看到自己回防的时候避免被别人撞到。

"我自己。"拉布小声地说。

"当我们选择住在黑暗的房间里，就没有别的办法。你不是孤单一人，拉布，我在这里，你的爸爸也在这里，还有你的队友们，你的哥哥。"巫兹纳德转过拉布，面向他说，"前路很长，但你现在出发也不迟。"

拉布擦了擦眼睛，这个地方是他自己创造出来的，他在这里独处，隐藏情绪。问题是，这个地方的作用太强了，拉布深陷其中无法自拔，他逐渐变成了自己的恐惧来源。拉布不确定自己是否能永远离开这个地方，破坏这个隐秘之地。但至少这一刻，他非常讨厌这个地方。

"我们可以离开了。"拉布说。

第九章 暗室 | CHAPTER NINE: THE DARK ROOM

黑暗的房间消失不见，拉布又站在费尔伍德球馆里。泡椒冲上来，给了拉布一个大大的拥抱，然后把他拽过来仔细打量着，当看到拉布眼中的泪水时，泡椒感到很奇怪。

"你还好吧？"

"还好，我是这么认为的。"拉布说道。

"你看到了什么？"雨神问。

拉布看了一眼雨神，回想起那些记忆，成千上万张照片围着拉布飞来飞去，让他想起所有的痛苦、内疚，以及其他的事情。但是拉布还看到了别的。

拉布看到了一条路，可以越过所有的痛苦与阻碍，前提是要先离开那个黑暗的房间。

拉布看着雨神说："未来。"

10
未来的路

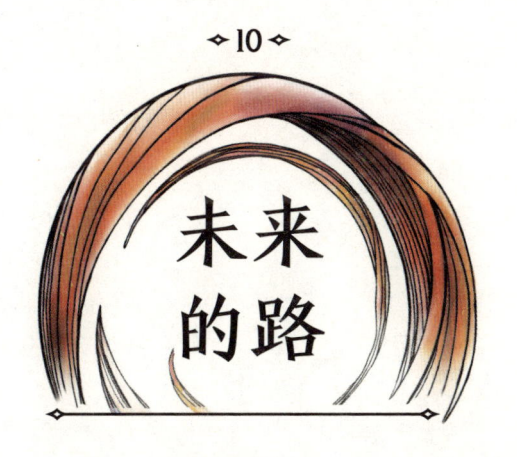

选择前方的路，

才是最重要的事。

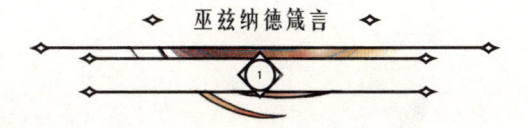

◆ 巫兹纳德箴言 ◆

第十章 未来的路 | CHAPTER TEN: THE WAY FORWARD

拉布站在镜子的前面，他的头发弄了点水，往后梳着，垂到脖子的位置，水珠顺着他的脸颊滑下。拉布想起昨晚发生的事，他帮泡椒做晚饭，他还自己动手整理了背包，铺了自己的床。这些确实都是一些小事情，但是感觉……不太一样，一点一点地努力着，朝他可以控制的方向发展。

大多数时候，拉布只是盯着她的照片，照片一直都放在壁炉的上面——只是拉布选择忽视而已，避免跟它接触。昨天晚上，拉布把它捧在手里，直视着它，记在心里。

拉布在抽屉或者衣柜里发现了更多的照片，之前都被收起来了。他放了一张在床下——照片上，是他的妈妈扶着才刚会走路的自己，他站在床头柜上。他把另一张照片放在背包里，睡觉时手里还拿着一张。拉布允许回忆把他的脑海填满，直到他感觉自己快要失去理智了……但是他还是很清醒。所有的内疚和痛苦都还在，但是拉布却不想把它们推开了。拉布现在知道，他一直都在对自己撒谎，假装自己可以做到。

拉布还没有强大到可以忘记那些事情，现在他也不想去忘记了。

拉布用手抚摸着自己的脸，他的颧骨和妈妈一样高，都是杏色的眼睛。拉布知道，痛苦不会消失，但是他也知道，重要的不是它会不会离开，而是他自己怎么去面对痛苦。日子艰难，但拉布想看看，浴火重生的日子是怎么样的。

就在他转身朝大门走去的时候，拉布看到有什么字写在墙上，银色的字。

What is the first thing you do when you climb out of a hole?

当你爬出洞口的时候，你会先做什么？

拉布凝视着这行字，陷入了沉思。他知道"洞"指的是什么，但他现在应该做什么呢？这是一个谜语吗？拉布看着那行字慢慢融入墙里，他决定现在先不想了，等下再说。拉布不太确定，也许答案今天会自己跑出来吧，他知道自己有的是时间。

拉布来到主场板凳席，紧挨着泡椒坐下。他们插科打诨，把球鞋穿上后一起去热身。在拉布投篮的时候，他低头发现血液中有一些银色的光在流动，随着脉搏一阵一阵跳动着，他看着自己会发光的手，感到很惊讶。

一个低沉的声音开口："你又往前进了一步。"

"哪一步？"

"正视你的脆弱。当我们的恐惧被释放的时候，勇敢去面对，格拉纳能量就会出现。"

"我现在要做什么呢？"拉布想着。

"为前方的路做好准备。"

"集合。"巫兹纳德突然出现在球场的中心位置。

拉布赶忙把球放在一边，跑了过来，和所有人一起。

"你们中，只有一个人没有抓到魔球，为什么？"

拉布看了一眼他的哥哥——最后那个还没抓住魔球的人。拉布想知道泡椒会面对什么样的事情，失去妈妈对泡椒来说，造成了什么影响？泡椒在他的隐秘之地又藏了什么事呢？

维恩疑惑地开口问道："因为……你叫我们这么做的？"

巫兹纳德转身看向维恩："但这是为什么？你找到了什么？"

"恐惧。"雷吉小声地说。

巫兹纳德点点头，转过身看向挂在北面墙上的那排锦旗："如果这世上有一件事能阻挡你前进，那就是恐惧。想要赢得胜利，必须战胜恐惧。无论是篮球……还是任何事情。"

"但是……我们做到了，对吧？"壮翰问道。

"恐惧没那么容易战胜，恐惧还会再度降临，大家要时刻准备。"巫兹纳德打开了背包，"赛季开始之前，我们有许多东西要练。至于今天，我们复习一下这些天学到的东西。"

突然，拉布听到身后响起了一阵刮墙的声音。

"竹竿……你对训练内容很了解。"巫兹纳德说。

巫兹纳德开始布置障碍训练的场地，他把障碍锥摆在不同的路线上，接着又拿出一些长长的杆子，随后在中场线的两端抖出一大堆的头盔和防护垫。巫兹纳德还把两颗球分别放在两边弧顶的位置，拉布在篮筐后面似乎看到云朵飘过，就像在那座高耸的但是崩塌了的山上看到的一样。一阵光闪过,球员们的影子又从地上爬起。

拉布看着这一切的发生,想起自己不久前,还不相信这个世界上有魔法。而现在,拉布释然了,他一直在笑,影子开始拉伸的时候,卡罗在球馆里来回踱步的时候,一个接一个的东西从巫兹纳德背包里飞出来,整齐排列的时候。拉布想知道格拉纳还能做什么。

他们会找到答案的。

"谁?"拉布说道。

球馆暗了下来,其他球员们都变成了灰色的人影,很快就只剩下拉布一人站在球场中央,一道微弱的聚光灯打在他身上,影子们都站在角落里。其中的一个影子在移动着,一个人出现了,那是黑暗中的一个灰色的身影,在灯光下大步走来。他脸上的轮廓逐渐清晰起来,面如骷髅,凹陷的眼睛布满阴影,但是拉布熟悉这张脸。

德伦每一个人都熟悉这张脸。

"这里没有格拉纳的容身之处。"塔林总统说道,他的声音低沉又沙哑。

总统深邃的眼神看向拉布,拉布仿佛僵住了一般。

"把他们带走!"市长大喊。

影子们从四面八方围了上来,拉布正要喊出声,只见球馆里的灯光又亮了起来,把所有影子都驱散走了。拉布站在那里,喘着粗气,紧张地看着费尔伍德球馆四周。他想起巫兹纳德说过的,关于巫兹纳德的故事,以及他们这群巫师是如何被德伦驱逐。塔

第十章 未来的路 | CHAPTER TEN: THE WAY FORWARD

林总统，他不想在这里看到格拉纳出现，而这种能量正是狼獾队过去几天一直在使用的东西。

拉布看向巫兹纳德，这个高大的男人也在看着他。

不要这样，格拉纳必须回到这个地方，你们都是承载它的人。

"为什么？"拉布想着。

因为你们可以做到，你们将改变一切。

拉布看了他的哥哥一眼，泡椒有些害怕，也有过绝望。
但泡椒仍然准备好了要去做出改变。

"请站成一排。"巫兹纳德说道。

这是拉布活到现在，经历过最艰难的一次训练了。在大家罚中球之前，他们足足丢了4记罚球，这意味着他们连训练都还没开始，已经跑了25圈。每次折返的时候，地势都会发生改变。在之后的训练中，卡罗会一次一次地把他们扑倒在地，影子们在每个回合的跟拼命一样。拉布遇到了属于他自己的挑战：对他感到失望的声音响起，过去几年那些回忆不断重现，有人高呼到拉布就是一个失败者。拉布不管这些，他做好自己该做的，那些声音开始逐渐变得听不见了。

有那么一刻，拉布跳投，球馆瞬间变得空空荡荡的，只剩下他自己和篮筐，还有从四面八方涌来的声音，观众们大声倒数着，"三……二……"

这种熟悉的压力，拉布之前就感受过了。一想到自己会让其他人失望，他所做的只会让人失望。但是紧接着，拉布调整了下呼吸，他只有一秒钟的时间，但在他脑海里，时间似乎慢了下来。

拉布感受着自己的呼吸，球在手中的触感，他心无旁骛，唯有这一记投篮，那些喧闹的声音都已远去。

能够掌握时间的射手，不会在关键时刻感到害怕。

拉布投出了球，成功命中，球馆又回来了。拉布站在那大喘气，感觉跟赢了一场季后赛一样。其他人在周围跑着，同样在面对着属于自己的挑战。拉布眼角余光看到泡椒，泡椒扑向那颗黑色的魔球，瞬间消失了。

巫兹纳德叫停了训练，全部人都在讨论着什么。只有拉布没怎么在听——他想知道泡椒的那间房里有什么东西。不管那里有什么，拉布都想参与，只要泡椒允许的话。

几乎在同一刻，泡椒突然又出现在球馆里。

"老兄，还好吗？"拉布如释重负地说道。

"老弟，一切都好。"泡椒和拉布击了个拳。

全队突然爆发出笑声，拉布也笑了起来，他甚至都没听到大家在说什么笑话，但是不知怎么的他还是笑了，一直在笑，笑得肚子都痛。拉布感觉到这一整段经历，所有那些荒谬，看似不可能的事，全部都从他的笑声中倾泻出来。

"竹竿都会说笑话了。"泡椒说着，摇头晃脑，"接下来会发生什么新鲜事？"

泡椒随即开始了饶舌，他准备已久。

拉布挠了挠额头说："别再这样了。"

第十章 未来的路 | CHAPTER TEN: THE WAY FORWARD

"Camp is almost done
We probably still got to run
Putting Champs on a banner
The quiet over Clamor
Peño waits to watch
Cheers and stops
He wanted rhymes with 'Badger'
But the words didn't matter
Ball is roads and ramps
No more time for losses
Only time for champs.

训练营眼看要结束

狼獾队仍然要奋斗

锦旗上印一个冠军

行动是最好的证明

泡椒等待着来临

欢呼声时断时续

他想找狼獾的押韵

但歌词不需要在意

篮球路上起起伏伏

没时间接受失败

有时间迎接冠军

拉布目瞪口呆地看着他的哥哥。

所有人都在欢呼，一起围着泡椒，拉布也加入其中，他抓住泡椒的肩膀摇晃着,疯狂地大笑。

"你不再是这个世界上最糟糕的说唱歌手了!"拉布大喊。

"嘿!"泡椒叫道。

巫兹纳德拿起背包,朝大门口走去。

"你刚刚说过,我们还有最后一个谜要解?"雨神在巫兹纳德身后朝他问道。

"没错,每个人都有一个,对了,顺便说一句,欢迎加入狼獾队。"巫兹纳德说。

巫兹纳德走了出去,留下一片喧闹和欢呼声,狼獾队的成员们一起走到板凳席。拉布坐了下来,把球鞋脱掉,他想起在浴室里看到的那些话,那个谜题,巫兹纳德给他最后的考核:

当你爬出洞口的时候,你会先做什么?

拉布慢慢地把球鞋脱下。拉伸?或者去找食物?享受阳光?没有一个答案让他满意。

拉布再次看向他的队友们,他想起维恩曾经问他,是否愿意来公园打球,和他一起面对那些欺负人的家伙。拉布想到壮翰一直都挣扎着生活,同时打两份工。他想到泡椒,拉布之前不知道,他的哥哥也很痛苦。拉布一直都压抑自己,压抑得太久了,让自己变得孤立起来,不在意兄弟俩一起度过的那些日子。

拉布知道在悲伤的后面,有一个地方存在,他在那里生活了很多年,他一直都待在一个洞里。这样想着,拉布终于知道,墙上看到的那两行银色字的问题的答案了。

首先要做的,是回头看看,帮下一个人爬出来。

拉布笑了,他可以做到的,他将在人生的道路上继续前进。

第十章 未来的路 | CHAPTER TEN: THE WAY FORWARD

当全队都换好衣服，把包拉上拉链后，他们站起身，一起朝大门口走去。雨神走在第一个，把门打开，泡椒则让所有人都先走。午后阳光格外耀眼，房门大开，拉布走了过去，嘴角扬起一丝微笑。他知道前面还会有麻烦出现，他也知道，这个赛季不会这么轻松。

但是，他和球队在一起，随着灯光再次亮起的那一刻，他会做好准备。

尾声

既是结束也是开始

没有一个人说话,雷吉感到汗珠在顺着他的前额流下。

过去的两个月,大家每天都在汗流浃背中度过。他们面临过许多的困难,有真实的,也有魔法变出来的,而现在,赛季要开始了。费尔伍德球馆,星期五晚上,整装待发。看台上的每一个位置都会坐人,沿着墙壁也会站满看球的人。

巫兹纳德走进更衣室说:"今晚,主场爆满。"

"我们看到了。"杰罗姆说着,把都是汗的手在大腿旁边擦擦。

"为什么今天有这么多人来?"竹竿问。

"波堕姆最近的生活可不太好,人们需要篮球。"巫兹纳德说道。

雷吉点点头表示赞同,一切都变了,政府也公开宣称支持篮球队。

"你们每天都很努力,今晚我希望你们也是一样。通往冠军的路,是由汗水、痛苦和恐惧铺成的。今晚,就是你们这条路的开始。"

雷吉低头看着自己颤抖的双手。他迫切地想知道,这个赛季是否会变得不一样,这条路是否会比他们想象中的路来得更加艰难。

"时机已经到来,我们学到的东西、我们一直在练习的东西……都将在今晚见分晓,从这里开始。而现在,我必须问你们一句……你们真的做好准备了吗?"

雷吉把手攥成拳头,他准备好了,现在是他最好的状态。

雨神站起身,在房间的中央伸出手来,很快十双颤抖的手叠加在一起。雷吉做了个深呼吸,他期待这一天的到来,已经有好几个月了。

"狼獾队,数三下,一……二……三……狼獾队!"雨神喊道。

巫兹纳德开始往外走,一瞬间球迷们疯狂了,呐喊声不断。雷吉看到他的奶奶和姐姐在看台上加油挥手,他笑了笑,有一种被关注的感觉。

最重要的是,雷吉要保护她们。

"雷吉,过来一下。"巫兹纳德小声地说。

雷吉皱起眉头,让其他人先走:"教练,什么事?"

"今晚你会有很多的上场时间,你将是我们第一个上场的后场替补球员。"

"但是维恩和杰罗姆……"

"我已经和他们说过了,他们同意你第一个上场,发挥你的才能。"

雷吉激动地说不出话来:"我 …… 谢谢你们。"

"是你应得的。"

雷吉微笑,转身离开,但他感到有一只大手落在了肩膀上。

"你知道这意味着什么,对吧?你明白这条路将通向何方。"

"是的,我明白。"雷吉轻声说。

"而你仍然选择这条路,你的父母会为你感到骄傲的。"

雷吉感到眼泪在眼眶打转,但他只是点了点头,坐到板凳的一边。

竹竿来到球场中圈的位置跳球,雷吉在咬指甲,他的心跳很快。

裁判吹响了比赛开始的哨声,把球高高抛起。竹竿和另一个中锋跳了起来,拼命地去够那颗篮球。篮球在空中旋转着,只见两人的手都伸向它,但竹竿更快一些。

篮球飞向了泡椒,比赛正式开始。

雷吉的故事，未完待续……

巫兹纳德箴言

◆ 1 ◆

选择前方的路，
才是最重要的事。
The road is all that matters.

◆ 2 ◆

勇敢面对恐惧，
否则，
它就会无处不在。
Give your fear a face or you will see it everywhere.

❖ 3 ❖

在最艰难的时候,
就能看出谁是真正的领袖。

To find the real leader, search where the fight is hardest.

❖ 4 ❖

如果你不喜欢独处,
你必须学会喜欢你自己。

If you don't like being alone, you must learn to likeyourself.

❖ 5 ❖

永远不要让别人定义你是谁。

Never let your identity be written by another.

❖ 6 ❖

胜利首先源自内心。

Victory happens in the mind first.

◆ 7 ◆

磨难，

是积蓄力量的最佳时机。

Suffering is our greatest chance for strength.

◆ 8 ◆

一个真正的领袖应该站在最底下，

把队伍扛起来。

A true leader stands at the bottom, pushing his team up.

◆ 9 ◆

单枪匹马无法取胜。

忘记这一点的人，不会成功。

No one wins alone. Those that forget this do not win.

◆ 10 ◆

每个怨恨都是一个新的包袱，

你必须拖着它前行。

Every grudge is a new weight you must drag along behind you.

◆ 11 ◆

如果你想成功,
就把你的劣势变成你的优势。
If you want to succeed,
start by turning your weaknesses into strengths.

◆ 12 ◆

每个人,
每一天,
每一刻,
停滞或向前,
由你来定。
Everyone has a choice every moment of the day.
Look, or look away.

◆ 13 ◆

人和树一样,
没有坚实的根基,
就无法成长。
A person is the same as a tree. Without a strong foundation, they cannot grow.

◆ 14 ◆

当你掉落洞中,

先帮其他人出去。

一旦你做到了,

洞将不复存在。

When you are in a hole, help everyone else first.
By the time you are done, the hole will no longer exist.

◆ 15 ◆

愤怒,

是你的大脑在提醒你快走开,

然后深呼吸。

Anger is just your mind telling you to step away and breathe.

◆ 16 ◆

如果追求幸福,

你绝不会让自己受一点苦,

那就追求目标吧!

If you chase happiness, you will never let yourself suffer.
Chase purpose instead.

❖ 17 ❖

直到你真正感觉无能为力时，

你才会对自己的力量有所了解。

You know nothing of your strength until you have felt truly weak.

❖ 18 ❖

即使夜晚倍感空虚，白天依然可以充实。

If your nights feel empty,

then your day can still be filled.

❖ 19 ❖

我们对不同的事物感到恐惧，

只因我们认为它们会让我们渺小。

We fear what is different only because we think it makes us less.

❖ 20 ❖

如果你能把矛盾放一边，

你就能知道谁最需要你的帮助。

If you rise above the conflict,

you can see who needs your help.

❖ 21 ❖

胜利只是一个空杯子，
用努力、勤奋和同情心填满它。
Winning is an empty cup.
Fill it with work, struggle, and compassion.

❖ 22 ❖

勇气意味着可以对事情恐惧，
但依然要坚定地走下去。
Courage is understanding that it is okay to be afraid,
and then to walk on regardless.

❖ 23 ❖

如果你害怕孤寂，
就多些独处的时间。
If you are afraid of loneliness, spend more time alone.

❖ 24 ❖

再大声的呐喊，也无法震倒一棵树。
Even the loudest voices cannot fell a tree.

❖ 25 ❖

总有黑暗更加深邃。

寻找，面对，须知长夜总会过去。

There is always a deeper darkness. Find it, face it,
and know the night will pass.

❖ 26 ❖

如果作者真心喜欢笔下主角，

你的故事就会精彩很多。

Your story will be much happier if
the writer likes their protagonist.

❖ 27 ❖

骄傲自负的人注定失败。

Complacency guarantees failure.

◆ 28 ◆

当我们陷入挣扎的时候,
我们也在学着如何去帮助他人。
When we are struggling,
we are learning the tools to help others.

◆ 29 ◆

无法理解他人,
就幻想你是他,
再睁开眼睛。
If you can't read minds,
put yourself in others and open your eyes.

◆ 30 ◆

如果你认为有人完美无缺,
就错过了帮助他们的机会。
If you assume someone is perfect,
you miss the opportunity to help them.

❖ 31 ❖

过去是份礼物，
它提醒你还有未来。

The past is a gift. It reminds you there is a future.

❖ 32 ❖

如果为别人对自己的看法担忧，
你对自己看得还不透彻。

If you worry about what others think of you,
you don't think enough of yourself.

❖ 33 ❖

提出批评的人很多，
有价值的就一个。

There is only one critic who matters.

❖ 34 ❖

独狼很快就会饿死。

The lone wolf will soon starve.

◆ 35 ◆

不要让你对欲望的渴求，

取代你对任何事物的感激。

Never let your desire for more supersede your gratitude for any.

◆ 36 ◆

仰望星空，

选择成为老鼠或者山峰。

两种选择，

没有对错。

Stare at the sky and choose if you will be a mouse or a mountain.

Either way, you are right.

◆ 37 ◆

如果你现在的路很轻松，

要明智地利用时间，

变得更强大，

毕竟前方群山已在望。

If your road is easy, use the time wisely.

Grow strong. There are hills over the horizon.

◆ 38 ◆

如果你不确定你的目的地，
不妨继续前行。
If you are unsure of your destination,
you might as well keep walking.

◆ 39 ◆

如果我们沉湎于懊悔，
就会把过去变成我们的未来。
When we dwell on regret,
we make the past our future.

◆ 40 ◆

带着目标醒来，
还是在漫无目的中睡去？
Wake up with a purpose or risk going to sleep without one.

41

冠军如同潮头,
收放自如,
排山倒海,
更始终如一。
A champion is like the tide. Controlled,
powerful, and most of all, consistent.

42

如果你负担了太多的东西,
你又怎么能帮助别人呢?
If you bring too much with you,
how will you help others with their bags?

43

如果你想变得更强,
就要扶起需要被扶起的人。
If you want to be stronger,
lift the ones who need to be carried.

◆ 44 ◆

观众会有掌声或嘘声。

可这重要吗?

无论如何,

你的足迹都将留存。

Spectators can applaud or jeer. Does it matter?
Either way, the track remains.

◆ 45 ◆

你是星尘,

也是光。

如果他们不能看到这一点,

你就选择将之藏起来。

You are stardust and light. If they cannot see that,
then you have chosen to hide it.

◆ 46 ◆

你在镜子里看见的像,

不是来自身体,

而是来自内心。

What you see in the mirror comes from the mind, not the body.

❖ 47 ❖

我们内心都有一百万个疑问，
只有一个人可以回答。
We are made of a million questions t
hat only one person can answer.

❖ 48 ❖

没人可以一步登天，
不积跬步，
无以至千里。
You do not jump for the summit.
You take hundreds of small, imperceptible steps.

❖ 49 ❖

我们不需要恐惧自己不能控制的事，
但是我们可以学会控制我们的恐惧。
We need not fear what we cannot control,
but we can learn to control our fear.

◆ 50 ◆

在路上，
你可能会疲累，
而前途黯淡。
如果必须，
不妨驻足一下，
但绝不要放弃。
一直前行，
直到黑暗过去，
而你成为下一个旅人地平线上的朝阳。

You may tire on the road. It may grow dark.
Rest if you must, but never give up.
Walk until the darkness is a memory
and you become the sun on the next traveler's horizon.

译后记

我不是个"科蜜"。对于身边的朋友来说,这不是秘密。

我没赶上公牛时代乔丹的"最后一投"。我从 2000 年开始看球。属于我的"乔丹",名字叫文斯·卡特,是飞天遁地的"半人半神"。科比对于我来说,是"四大分卫"里最重要的竞争对手,更是争夺"乔丹接班人"名号的头号敌人。

但我不得不服。科比那段长达 20 年,璀璨炫目的 NBA 生涯,早已是人尽皆知,无须赘述。而退役后的 3 年里,他更是尽情展现着他在内容创作领域不为人知的天赋——战术解读类节目《细节》(Details),奥斯卡获奖动画短片《亲爱的篮球》,《纽约时报》畅销书《曼巴精神》——当然,也包括你手里捧着的这本《巫兹纳德系列:训练营》。

由于工作的原因,我得以更加深入地了解科比。每当多了解一分,便更理解他为何如此成功。在主导腾讯体育对科比球衣退役仪式采编报道时,我听到队友、专家、球迷对他的啧啧赞叹;

在参与《曼巴精神：科比自传》翻译工作时，我读到科比对于细节的极度偏执；在暑期中国行的商业活动上，我看到他在训练营里一丝不苟，惩罚不认真的学员做折返跑；而在一对一专访，与科比面对面直接对话时，我的感受最直观不过——"我只是对篮球无比热爱。"他对我说。

我想起一句经典解说词："如果你连这一球都不喜欢，就是不喜欢 NBA！"（If you don't like this, you don't like NBA basketball！——Grant Napear）这句话放在科比身上，同样恰如其分。

对我而言，翻译《巫兹纳德系列：训练营》这本书的过程，更像是一场对"科比如何成为科比"的还原、解密之旅。雨神、竹竿、款爷、泡椒、拉布——书中的 5 位小学员，正代表着科比性格里曾有的缺陷：狂妄、恐惧、自我怀疑……不同的是，书中短短 10 天的训练营，科比在人间花了不止 10 年。相同的是他们都打破了内心的恐惧，完成了彻底的蜕变。

我相信，这次关乎人生的训练营，绝非仅仅为爱篮球的人准备。

"训练营"的结尾，我同样想对属于自己的"巫兹纳德"表示感谢。要感谢腾讯体育赵国臣、吕莳、时延奎、贾文秀几位领导对本书，以及"腾讯体育原创书系"的关心与支持。

感谢我的领导"阿鱼"黄祎的信任，让我能够有机会翻译这本书。作为二十余年的"老科蜜"、《曼巴精神：科比自传》的中文版译者，鱼哥为译文提出了诸多弥足珍贵的意见和建议，用实际行动诠释着"曼巴精神"的真正含义。

感谢同事宋忠冬、科比中国团队的 Cate，以及金城出版社的编辑李轶武、许姗对本书的精心策划、悉心审校、费心推广。

  需要特别感谢的是我的两位搭档。感谢《竹竿》卷的译者、我的同事兼学妹王丽媛，以及《泡椒》《拉布》卷的译者，笔名"诚言"的林子诚。为中国读者带来原汁原味的阅读体验，是我们接到原稿那一刻起不变的初衷。我相信，和科比一样对于篮球无限的热爱，让我们做得还不错。

  2018 年年初，我的女儿降临人世。属于我的译文部分，大多是在回到家中，把女儿哄睡后完成的。我迫不及待想要把这本书读给女儿，读给爱的人听。

  相信你们也一样。

杜巩
2019 年 7 月 22 日